낭송

18세기 연행록

낭송Q시리즈 여행기편 낭송 18세기 연행록

발행일 2019년 2월 20일(己亥年 丙寅月 戊子日) | **풀어 읽은이** 김현미 |
펴낸곳 북드라망 | **펴낸이** 김현경 | **주소** 서울시 종로구 사직로8길 24 1221호(내수동, 경희궁의아침 2단지) |
전화 02-739-9918 | **이메일** bookdramang@gmail.com

ISBN 979-11-86851-90-6 04810 979-11-86851-89-0(세트) | 이 도서의 국립중앙도서관 출판예정도서목록(CIP)은 서지정보유통지원시스템 홈페이지(http://seoji.nl.go.kr)와 국가자료공동목록시스템(http://www.nl.go.kr/kolisnet)에서 이용하실 수 있습니다.(CIP제어번호: CIP2019003861) |

낭송
Q
시리즈

여행기편

01

낭송 18세기 연행록

김현미
풀어
읽음

틔

▶낭송Q시리즈 여행기편 『낭송 18세기 연행록』 사용설명서◀

1. '낭송Q'시리즈의 '낭송Q'는 '낭송의 달인 호모 큐라스'의 약자입니다. '큐라스'(curas)는 '케어'(care)의 어원인 라틴어로 배려, 보살핌, 관리, 집필, 치유 등의 뜻이 있습니다. '호모 큐라스'는 고전평론가 고미숙이 만든 조어로, 자기배려를 하는 사람, 즉 자신의 욕망과 호흡의 불균형을 조절하는 능력을 지닌 사람을 뜻하며, 낭송의 달인이 호모 큐라스인 까닭은 고전을 낭송함으로써 내 몸과 우주가 감응하게 하는 것이야말로 최고의 양생법이자, 자기배려이기 때문입니다(낭송의 인문학적 배경에 대해 더 궁금하신 분들은 고미숙의 『낭송의 달인 호모 큐라스』를 참고해 주십시오).

2. 낭송Q시리즈는 '낭송'을 위한 책입니다. 따라서 이 책은 꼭 소리 내어 읽어 주시고, 나아가 짧은 구절이라도 암송해 보실 때 더욱 빛을 발합니다. 머리와 입이 하나가 되어 책이 없어도 내 몸 안에서 소리가 흘러나오는 것, 그것이 바로 낭송입니다. 이를 위해 낭송Q시리즈의 책들은 모두 수십 개의 짧은 장들로 이루어져 있습니다. 암송에 도전해 볼 수 있는 분량들로 나누어 각 고전의 맛을 머리로, 몸으로 느낄 수 있도록 각 책의 '풀어 읽은이'들이 고심했습니다.

3. 최고의 양생법이자 새로운 독서법으로서의 '낭송'을 처음 세상에 알린 **낭송Q시리즈의 시즌 1**은 **동청룡·남주작·서백호·북현무편**으로 이루어져 있으며, 사계절의 기운을 담고 있는 것을 특징으로 합니다. 동청룡편에는 봄의 창조적 기운, 남주작편에는 여름의 발산력과 화려함, 서백호편에는 가을의 결단력, 북현무편에는 지혜와 상상력을 키울 수 있는 고요함을 품은 고전들이 속해 있습니다. 각 편 서두에는 판소리계 소설을, 마무리에는 네 편으로 나눈 『동의보감』을 하나씩 넣었고, 그 사이에 유교와 불교의 경전, 동아시아 최고의 명문장들을 배열했습니다.

▷ 동청룡: 『낭송 춘향전』, 『낭송 논어/맹자』, 『낭송 아함경』, 『낭송 열자』, 『낭송 열하일기』, 『낭송 전습록』, 『낭송 동의보감 내경편』

▷ 남주작 : 『낭송 변강쇠가/적벽가』, 『낭송 금강경 외』, 『낭송 삼국지』, 『낭송 장자』, 『낭송 주자어류』, 『낭송 홍루몽』, 『낭송 동의보감 외형편』

▷ 서백호 : 『낭송 흥보전』, 『낭송 서유기』, 『낭송 선어록』, 『낭송 손자병법/오자병법』, 『낭송 이옥』, 『낭송 한비자』, 『낭송 동의보감 잡병편 (1)』

▷ 북현무 : 『낭송 토끼전/심청전』, 『낭송 도덕경/계사전』, 『낭송 대승기신론』, 『낭송 동의수세보원』, 『낭송 사기열전』, 『낭송 18세기 소품문』, 『낭송 동의보감 잡병편 (2)』

4. **낭송Q시리즈 시즌 2**는 고전과 몸 그리고 일상이 조화를 이루는 훈련으로서의 낭송에 초점을 맞추었습니다. **샛별편**에는 전통시대의 초학자들이 제일 먼저 배우며 가장 오래도록 몸과 마음에 새겨놓은 고전을 담았고, 원문으로 읽는 **디딤돌편**은 몸으로 원문의 리듬을 익혀 동양 고전과 자유자재로 접속할 수 있는 힘을 키울 수 있도록 했습니다. 또 **민담·설화편**은 입에서 입으로 전해지는 낭송의 진수를 보여 주는 우리나라 각 지역의 옛날이야기들을 모았으며, **조선왕조실록편**은 조선 태조로부터 철종에 이르기까지 25대 472년간의 역사를 연월일 순서에 따라 편년체로 기록한 조선왕조실록을 낭송에 맞게 새롭게 엮었습니다.

▷ 샛별편: 『낭송 천자문/추구』, 『낭송 명심보감』, 『낭송 격몽요결』, 『낭송 사자소학』

▷ 원문으로 읽는 디딤돌편: 『낭송 대학/중용』

▷ 민담·설화편: 『낭송 경기도의 옛이야기』, 『낭송 경상북도의 옛이야기』, 『낭송 경상남도의 옛이야기』, 『낭송 제주도의 옛이야기』, 『낭송 충청남도의 옛이야기』, 『낭송 충청북도의 옛이야기』

▷ 조선왕조실록편: 『낭송 태조실록』, 『낭송 태종실록』, 『낭송 세종실록』, 『낭송 성종실록』

5. 낭송Q시리즈 **여행기편**은 낭송Q시리즈 시즌 2의 연장으로, 근대 이전 여행이 한정되었던 시대에 남아 있는 여행의 기록들을 낭송에 적합하게 엮어서 고전으로서의 여행기를 맛볼 수 있게 하였습니다.

6. 낭송Q시리즈 여행기편인 이 책 『낭송 18세기 연행록』은 18세기에 쓰여진 10개의 연행록(燕行錄)과 개인 문집 내 연행(燕行)에 관련한 글들 중 풀어 읽은이가 가려 뽑은 내용들을 현재의 독자들이 편하게 소리 내어 읽을 수 있도록 그 편제를 새롭게 하여 번역하고 엮은 것입니다.

차례

燕行錄

3부
청나라 두 개의 중심, 심양과 북경 63

4부
먹고 입고 잔 곳의 보고서 107

5부

나와 너의 거리: 이국에서 만난 또 다른 이국 145

6부

기상천외한 이야기들 195

머리말

낭송 연행록을 펴내며

이 책은 18세기에 쓰여진 10종의 연행록燕行錄과 개인 문집에 실려 있는 연행 관련 글들을 가려 뽑아 현재의 독자들이 편하게 소리 내어 읽을 수 있도록 풀어 놓은 것이다.

개인이 연행록을 본격적으로 지었던 영·정조 시기(1724~1800)는 18세기의 대부분을 차지하는데, 이 시기에 쓰여진 연구 가치가 있는 49인의 개인 저작 연행록(이본 포함 72종) 중 현재 독자들에게 최고 수준의 연행록으로 익히 알려져 있는 『열하일기』(1780)를 빼고 18세기 연행록들의 성격을 잘 보여 주는 10종의 연행록에서 글을 선별했다. 달리 말하면, 『열하일기』는 어떠한 토양에서 왔는가를 보여 주기 위한 의도가 이 책에 담겨져 있다는 뜻이다.

연행록이란 '청淸의 수도인 연경燕京: 현재의 북경에 간 기록'이라는 뜻이다. 청 이전 세대까지는 주로 '천자의 나라에 조회朝會를 간 기록'이라는 뜻의 '조천록'朝天錄이라고 불렀다. 둘 다 '사행使行이라는 해외 체험의 결과로 나온 기록'이라는 공통분모를 가지고 있지만 제목에서부터 가는 나라에 대한 마음의 온도 차가 확연히 보인다. 조천록이라는 타이틀은 천자의 나라에 정례적으로 가는 외교 행위를 수행하는 공무公務적 목적을 드러내며 본문을 지배하려는 경향이 보이는 반면, 연행록이라는 명칭이 주는 지배적인 인상은 '가다'[行]에 집중되면서, 길을 가면서 본 광경과 일들을 좀 더 자유롭게 담을 수 있는 여지를 준다. 그렇기에, 그들이 갔던 그 길을 공무인 사행이라기보다는 개인적인 여행으로 체험하고, 그것을 개인적 기록으로 남기는 일들이 양적으로 많아지기 시작했다.

그렇다면 18세기 개인 저작 연행록은 누구에 의해서 지어지게 되었을까? 여기에 발췌해 실은 연행록의 저자들을 살펴보면 그 사정을 잘 알 수가 있다. 일단 개인적인 연행록을 남긴 사람들은 사신단의 일원 중에서도 한문을 구사할 수 있는 문인文人 지식층이라 정리할 수 있다. 김창업金昌業, 이기지李器之, 강호보姜浩溥, 황재黃梓, 이의봉李義鳳, 홍대용洪大容, 이압李押, 백경현白景炫, 서호수徐浩修, 김정중金正中이 그들이다. 사행시 이들의 자격은 삼사三使에 가까웠고, 삼사 당인이 아니라면 그들의 말벗 역할을 맡은 '자제군관'들이 대부분이었다. 그런데, 18세기 후반으로 갈수록 정사의 비장裨將 역할을 맡은 중인층 문인(백경현), 집안과 생애를 정확히 검증할 수 없는 평양 선비(김정중) 등으로 그 편폭이 넓어지는 특징을 보인다. 이는 연행의 기록들이 '문인'이라는 사람들이 짓는 글이라는 인상을 극복하고 좀 더 넓은 편폭의 이야기들을 품을 수 있음을 보여 주는 현상으로 읽힌다.

18세기 연행록의 저자들이 난생처음 보고 겪었던 내 집 밖의 길과 길 위의 사건들은 주로 산문, 특히 일기日記의 형태로 기록되었다. 길면 한양에서 떠나 사행이 끝나고 돌아오는 길까지, 짧으면 조선의 국경을 넘어 청으로 가는 책문부터 시작하여 돌아오는 길의 일들을 매일매일 기록하다 보니 그 기록의 분량이 대개 3~4권을 훌쩍 넘어 5~6권의 구성으로 존재하게 되었다. 이 기록들은 기존의 예대로, 문인의 문집에 편입되지 않고 독자적으로 따로 묶이기도 했다.

또 이렇게 하루의 일들을 낱낱이 쓰다 보니, 내용적인 측면에서도 조선 '문인 지식인층'이 기본적으로 가져야 했던 문제의식인 이기성정理氣性情의 문제에 쏠리지 않고 입고 먹고 자는 것 같은 사소한 경험들을 자세히 관찰하여 다루게 되었다. '이곳의 음식은 맛이 없어서 먹을 수가 없었다'라느니, '숙소가 편안해서 좋았다' 등 자신의 숨길 수 없는 감정이나 가는 길의 노곤함을 잊기 위해 사신단 일행이 가졌던 각종 만남과 잔치들도 가감 없이 기록하는 것이다. 이를 읽으면서 독자들은 이전부터 가지고 있던 '조선의 문인 지식층'에 대한 이미지가 너무 일방적인 것이 아닐까 다시 생각할 수 있을 것이다. 몇몇 구절에서는 '아니 이분들은 이렇게 놀려고 연행을 갔나'라고 느낄 수도 있고, 또 어떤 구절들—특히 저자 자신의 경험은 아니더라도 몇몇 사람의 행적으로 특화된 '여자 밝힘증', '희롱'과 관련된—에서는 불쾌감마저도 느낄 수 있다.

그러나, 18세기 연행록은 이렇게 '즐기는 자'의 입장으로 펼쳐 놓는 유락의 기록만은 아니다. 18세기 연행록 속에서 잔치와 유람 등의 각종 일정을 직접적, 혹은 간접적으로 서술한 연행록의 저자들은 또 한편으로 여러 가지 생각들을 하게 된다. 그것은 주로 자신의 정체성에 대한 심각한 질문을 던지는 시점에서 생긴다. 연행록에는 그 저자들이 평소 생각했던 '자신'의 모습에 도전을 받는 순간들이 자주 등장한다. 책문을 지나는 순간부터 들려오는 중국어, 혹은 만주어, 몽골어 등의 외국어에 자신은 옴짝달싹할 수 없는데 내 말[馬]을 끌기 위해서 여기에 온 말몰이꾼이 거침없는 모습으로 일을 처리할 때, 또 서적을 구입하고 싶으나 의사소통이 여의치 않아서 역관을 대신 보냈더니 괜찮은 책을 찾아오기는커녕 이미 조선에 있는 소설책 중심으로만 구입해 온 모습에 화가 나서 참을 수 없는 자신을 발견할 때, 대화에서 소외당한 채 역관과 중국인들의 말소리를 들을 수밖에 없는 상황일 때, 이를 가감 없이 연행록에 기록으로 노출한다. 그리고 이 일을 써 놓은 이면의 의도는 과연 나는 어떠한 사람이고 저들은 어떠한 존재인가를 끊임없이 생각하게 되는 계기로 읽히는 것이다.

이러한 자각과 질문들은, 곧 연행록 저자들에게 좀 더 세심한 관찰과 생각을 하게 한다. 특히 나와 다른 말을 쓰는 청인, 서양인, 안남인베트남인, 유구인오키나와인들에게, 그리고 그들이 만들고 누리는 삶의 조건들에 대해 더 다른 각도에서 생각하고, 관찰이 모자라면 다른 책을 참조하면서 자세히 쓰게 만든다.

그렇지만 이들의 이런 기록이 단순히 신문물 수용 지침이나 계몽을 위한 기록이 아닌 이유는, 저자들의 자기 인식이 앞서 말한 것처럼 '지식인, 선비'로 고정된 것이 아니라 '이 일 저 일 다 겪으며 길을 가는 여행자'로 수정되는 과정이 있기 때문이다. 여행자의 맘에 피어나는 모험심과 문명을 이해하고자 하는 지식인의 분석안分析眼 사이의 유쾌한 긴장, 이것이 18세기 산문 연행록이 가지고 있는 맛이다. 그리고 이 책을 풀어 읽는 동안 정말 전해졌으면 하고 바라게 된 이 글들의 특징이다.

이 글을 낭송하는 사이에 그러한 유쾌한 긴장을 느낄 수 있다면 더할 나위 없는 기쁨이겠으나, 아쉽게도 독자들께서 느끼실 수가 없다면 그것은 온전히 내 탓이다.

마지막으로, 이 글이 나올 수 있었던 것은 온전히 몇몇 분들의 덕택이기에 이 자리를 빌려 감사드리고 싶다. 연행록을 풀어 읽을 수 있도록 기회를 만들어 주시고 모든 순간 격려해 주신 우응순 선생님, 유독 더웠던 작년 여름 매주 한 번씩 만나 연행록들을 함께 읽어 주시고 유쾌한 순간을 선물해 주신 고은주 선생님, 그리고 5년째 함께하며 연행록을 읽어 낼 수 있는 동력이자 힘이 되어 준 고마운 동학 김영죽·김지현 선생께 참으로 감사드린다. 그분들과 함께할 수 있어서 이 글들을 옮기고 엮는 시간 내내 참으로 좋았다는 말씀도 함께 드리고 싶다. 또한 이 글들을 책으로 잘 만들어 주신 북드라망 김현경 선생님께 감사드린다.

연행록을 읽기 전 알아 두면 좋은 정보

다음은 연행록을 읽는 데 미리 알아 두면 좋은 정보들을 풀어엮은이가 간추려 설명을 달아 놓은 것입니다. 아울러 '연행'(燕行)이란 '연경[北京]으로 가는 길'이라는 뜻으로, 조선에서 청나라로 가는 사행을 일컬어 연행이라 합니다. 이와 달리 조선 초기 명나라에 파견된 사행은 '조천사'(朝天使)라 하는데, 연행이 수평적 관계를 나타내는 말이라면, 조천은 '천자를 알현한다'는 종속적 의미가 있습니다.

1. 사행에 대하여

- **사행 기간** 임시사행과 정례사행 모두 평균 약 5개월의 기간이 걸린다. 왕복 1개월 반, 북경 체류 기간은 40~60일 정도이다.
- **사행 구성과 규모** 사행 목적에 따라 많은 차이가 있으나, 일반적으로 250인 내외이며 간혹 500인이 넘는 경우도 있다. 구성원으로는 삼사(三使), 역관(譯官), 의원(醫員), 사자관(寫字官: 문서를 정서하는 사람), 화원(畫員), 군관(軍官), 마두와 역졸 등이 있었다.
- **사행 예물** 대부분의 사행은 상호 주고 받는 예물이 있다. 예를 들어 동지사 때 조선에서는 황제와 황후에게 여러 빛깔의 모시, 명주·화석(花席) 및 백면지(白綿紙), 나전소함(螺鈿梳函) 등을 예물로 증여한다. 성절사인 경우 황제에게 수달피 20여 장을 특별히 올린다. 청나라는 답례 표시로 은(銀), 각종 비단, 말[馬], 초피(貂皮: 담비가죽) 등을 조선 사신들에게 주었다.
- **사행 종류**

- 임시사행 : 사행 중 시기가 특히 정해져 있지 않은 것. 조선의 중요한 일을 아뢰고 청하는 것이기 때문에 주청사(奏請使)라 칭한다.
- 정례사행(定例使行) :시기가 정해져 있는 정기 사행이다. 처음에는 엄격하게 시행되다가 1645년(인조 23)부터 양국의 편의를 보아 날짜에 구애받지 않고 파견하였다. 1723년(경종 3)에는 다시 강조되었다. 종류는 다음과 같다.
  ①동지사(冬至使): 대개 동지를 전후하여 파견하는 사행
  ②정조사(正朝使): 설날을 기점으로 파견하는 사행
  ③성절사(聖節使): 청(혹은 명) 황제 및 황후의 생일에 파견하는 사행

2. 사행단에 대하여

- **건량군관(乾糧軍官)** 중국으로 가는 사신들이 먹을 양식을 관리하고 조리를 담당하는 사람이다. 건량관(乾粮官)이라고도 한다.

- **군뢰(軍牢)** 조선 시대에, 군대에서 죄인을 다루는 일을 맡아 보던 병졸. 지금의 헌병에 해당한다. 연행사 일행에 포함되어 국경 근처부터 정사의 가마를 호위하거나, 책문 근처에서 상황을 알아보는 등의 임무를 맡았다.
- **난두(欄頭)** 연행사 일행의 물자를 도맡아 대던 중국 상인. 본래 수레를 빌려주거나 관리하는 사람들이었다. 책문을 출입할 때 의주·개성 상인들과 은이나 삼을 몰래 거래하기도 했다.
- **대통관(大通官)** 조선 후기 청나라 사행에 동행하였던 통역관의 통칭, 혹은 통역관의 우두머리를 지칭한다. 연행록에는 청나라 통역을 '통관'으로, 조선의 통역을 '역관'(譯官), '수역'(首譯), '원역'(員譯) 등으로 표기하는 경우가 종종 있다.
- **마두배** 역마(驛馬)에 관한 일을 맡아 보던 사행의 말단 수행원이다. 연행 노정에서 들르는 역참을 일일이 확인하고 정황을 보고한다. 삼사(三使) 옆에서 시종일관 잡일을 수행하는 하인들에 속한다. 마두배는 다음과 같이 분류한다.

  - 상판사마두(上判事馬頭): 노정 중에 만나는 청인과의 의사소통을 맡으며, 현지인과의 분쟁을 조율한다. 예부의 심부름을 하거나 배·수레와 같은 교통편의 조달을 담당한다.
  - 서자(書者): 산해관 도착 이후 옥하관으로 먼저 출발하여 숙소의 캉[炕]을 청소한다.
  - 좌견(左牽): 압록강을 건너는 전후에 말고삐를 끌고 인도한다. 역참에서 말의 사료를 공급하기도 하는데, 산해관 이후부터는 좌견이 서자의 역할을 대신한다.
  - 농마두(籠馬頭): 옷 짐, 역참의 침구 정리 등을 관리하며, 연행의 자잘한 기물들 또한 관리한다.
  - 교마두(轎馬頭): 쌍교(雙轎)를 점검하고 수리한다.
  - 건량마두(乾糧馬頭): 사행 중 식량을 현지에서 사서 조달한다.
- **반당(伴當)** 사신이 자비(自費)로 데리고 가던 동행인을 일컫는다. 주로 군관(軍官)의 직함으로 따라 나선 친인척이나 가까운 지인들이 여기에 포함된다.
- **삼사(三使)** 삼사란 정사, 부사, 서장관을 말한다. 각각 한 명씩 임명한다.

  - 정사와 부사: 반드시 귀한 집안의 저명한 사람으로 선별하여 의견을 책임지는 상징적 존재로 삼는다. 사행 의전(儀典)의 주축이 된다.
  - 서장관: 도덕규범을 감당할 만한 명망이 있는 사람으로 선택한다. 삼사 중에 업무량이 가장 많다. 일행을 감찰하고, 도강 전의 물품을 점검하며, 사행 기간 동안 견문한 일체를 문서로 작성해 보고하는데, 이를 별단(別單)이라 한다.
- **청나라 쪽 관리와 관청**

  - 서반(序班): 청나라 예부(禮部)의 제독회동사역관(提督會同四譯官)에 속한 종9품의 관원으로 황제의 칙명을 전하는 일을 맡는다. 특히 외국 사신들을 전문적으로 관리하는데, 사신들의 의례(儀禮)·사연(賜宴)·조공(朝貢)·출국(出國) 등을 주관한다.
  - 홍려시(鴻臚寺): 외국에 대한 사무나 조공을 담당하는 관청. 이곳에서 조공을 위한 의전을 연습한 후 거행한다.

1부

연행을 떠나며

1-1. 눈을 크게 뜨고 숨은 중원의 문헌을 찾으라

오랑캐가 중국을 다스리는 것은 음기陰氣가 극도로 성한 것이다. 그러나 오랑캐가 지배한 원元나라 때에도 북방에서 허형許衡이 나와 처음으로 성리설性理說을 가지고 그 임금을 깨우치고 선비들을 이끌었다. 그리고 남방의 선비 중에 오징吳澄, 황택黃澤 등은 비록 처세의 방법이 같진 않지만 각기 자신의 학문으로 세상에 이름을 떨쳤다. 이는 그야말로 송宋나라가 남긴 풍조임을 확실히 알 수 있다. 천지가 닫히고 막힌 지 80년이 흐른 뒤에도 유학儒學의 한 가닥 명맥이 면면히 이어져서 끊기지 않았다. 어찌 이른바 '양기陽氣는 완전히 소멸되는 이치가 없다'는 것이 아니겠는가!

지금 또 천하가 오랑캐의 풍속을 따른 지가 오래되었으나, 우리 동방만은 궁벽한 모퉁이에서 옛 의관과 예악을 바꾸지 않고 엄연히 소중화小中華로 자처하고 있다. 그러나 요堯, 순舜과 삼왕

三王이 다스렸고 공자, 맹자, 정자, 주자가 가르쳤던 중국의 땅과 백성에 대해서 모두 짐승의 젖을 먹고 누린내를 풍겨 대는 집단으로 여기고 더 이상 문헌을 찾아볼 수 없는 곳으로 본다면 지나친 것이다. 드넓은 천하에 유교의 도를 스스로 맡은 호걸이 없겠는가!

그런데 우리나라 사신이 매년 연경에 다녀와도 끝내 그런 사람이 있다는 말을 듣지 못한 것은 왜인가? 혹시 그들이 대부분 남방에 있기에 멀어서 그 소식을 듣지 못하는 것은 아닌가? 아니면 오늘날의 천하가 원나라 때보다도 못해서 그런 것일까?

나는 연경에서 들어온 문학이며 역사에 관한 서적을 많이 보았는데, 그중에는 요즈음 인물이 지은 서序, 인引, 제題, 평評 등이 상당수 있었다.* 이들은 지식이 정밀하고 논리가 정확하며 시문의 운치가 깊고 넓어서 우리 동방의 노련한 학자도 미칠 수 없는 수준이었다. 과거 시험을 치르는 독서인에 불과한데도 이와 같았다. 그러니 산림에서 도를 강학하는 선비는 어떠하겠는가! 애석하다. 나는 그 이름은 듣지 못하고 글도 읽어 보지 못했다. 공이 연경에 가면 나를 위해 널리 물어봐 주기 바란다.

* 서(序), 인(引), 제(題), 평(評) 등은 모두 문체상 서발류(序跋類)에 해당하는 것으로, 책의 앞, 뒤에 짤막하게 붙여 자신의 생각이나 어떤 사건에 대해 말하는 글이다.

다행히 얻는 것이 있으면 그래도 중원中原의 문헌이 남아 있음을 볼 수 있을 것이며, 가득 찬 음기에서 양기가 회복되는 시초의 조짐도 꼭 여기에 드러나지 않는다고는 할 수 없을 것이다.

_ 김창협, 「연경에 가는 황경지 흠(欽)에게 준 서」(贈黃敬之欽赴燕序)*, 『농암집』(農巖集) 권22, 1705년

* 이 글은 농암 김창협(金昌協, 1651~1708)이 1705년 사은사 겸 동지부사(謝恩使兼冬至副使)로 연경에 가는 황흠(黃欽)에게 써 준 글이다. 원래 친분이 있는 사이에서 한 사람이 멀리 다녀올 일이 있을 때 송서(送序), 증서(贈序) 등을 써 주는 풍습이 있었는데, 그 주된 내용은 길 떠나는 이에 대한 위로와 격려, 당부였다. 특히 여기서는 황흠이 청의 수도인 연경에 가는 것을 알고 썼기에, 황흠에 대한 격려뿐만 아니라 그가 가는 청의 수도 '연경'에 대한 당대 지식인들의 관심 지향을 읽을 수 있다. 이 책 28쪽 유척기의 글 역시 같은 취지에서 이 책에 함께 실어 두었다.

1-2. 떠나기 싫은 어머님 곁

숙종대왕肅宗大王께서 승하昇遐하신 지 6일이 지났다. 조정에서 아버님을 고부청시승습사告訃請諡承襲使:천자에게 왕의 승하를 알리며 시호를 요청하고 다음 왕의 승계 허락을 요청하러 가는 사신의 정사正使로 보내기로 했다. 경기 감사京畿監司 이조李肇를 부사副使로 삼고, 이천 부사伊川府使 박성로朴聖輅를 서장관書狀官으로 삼았다.

아버님께서는 지난 십 년간 임금님의 약 시중을 드시느라 심신이 초췌해졌는데, 또 만릿길 떠나는 일을 맡게 되신 것이다. 이에 내가 모시고 다녀올 것을 결심하고 군관 네 명 중의 일원이 되었는데, 오중한吳重漢·양익표梁益標·이언지李彦之도 선발되었다. 오중한을 건량군관乾糧軍官:사행길에 먹을 양식(건량)을 지키는 역할으로 삼고 최수명崔壽溟을 건량역관乾糧譯官:건량의 수급을 맡은 역관으로 삼았다.

관례에 따르면 큰 사안으로 연행할 경우 역관 2~3인을 더해 주기를 청한다. 또 대신大臣이 갈 경우 한 사람을 더 뽑을 수 있다. 그래서 한흥오韓興五·이추李樞·김문수金文秀 세 사람을 별도로 요청하고, 또 최수명을 임명해서 원래 정해진 역관 12명에 저 네 사람을 더하여 모두 16명이 되었다.

_ 이기지, 『일암연기』(一菴燕記), 1720년 6월 8일

서울을 떠나 고양에서 묵었다. 이날은 40리를 갔다.

새벽에 아버님께서 입궐하여 조회朝會에 참여했다. 숭정전崇政殿 : 경희궁 정전에 들어 승하하신 숙종대왕께 곡례哭禮를 행하고 빈소전[殯殿]에 하직하는 단자單子 : 문서를 바쳤다.

대전大殿에서 하사한 물건을 받았는데, 납약臘藥 : 소합환, 청심환 등 매년 12월 말일에 만드는 약 15종, 후추열매 한 말[斗], 단목丹木 20근, 표범 가죽 1령令, 부채 일곱 자루, 백반白礬 한 근, 유둔油芚 : 비막이 종이 1부部였다.

또 다시 납약 3종, 후추열매 석 되[升]를 자제군관子弟軍官에게 하사하시니, 사람들이 남다른 은혜라고 했다. 임진년1712에 노가재老稼齋 김창업金昌業이 그의 형 몽와夢窩 김창집金昌集 상공相公을 따라 연경에 갈 때에도 이 같은 하사품이 있었다고 한다.

식사 후 가묘家廟에 하직 인사를 올렸다. 어머니를 뵙고 다녀오겠다 말씀 드리니 이별을 앞두고 눈물을 떨구셨다. 그 순간 연

행에 따라나선 것이 후회되었다. 내 몸이 둘이라면, 떠나기도 하고 머물기도 했을 텐데…, 그럴 수 없음이 한스러웠다.

_ 이기지, 『일암연기』, 1720년 7월 27일

1-3. 아들아, 너를 보니 부럽기도 하고 기쁘기도 하구나!

팽성彭城:지금의 평택에서 떠나왔다. 어머님께 하직 인사를 올리고 문을 나서서 수십 보를 가다가 돌아보니 아직도 문에 기대어 서 계셨다. 나는 곧 되돌아가서 말에서 내려 어머님께 말씀드렸다.

"이번 사행길에 어머님 걱정이 왜 없겠습니까. 그러나 이번 행차에서 사나이로서 장관을 볼 수 있다는 자부심도 듭니다. 한데 지금 이렇게 어머님께서 문에 오래도록 기대어 계시는 것을 보니, 암담한 생각이 들고 애초에 잘못 생각한 것은 아닌지 후회가 됩니다."

어머님께서 말씀하셨다.

"아니다, 아니야. 오도카니 바라본 것은 헤어지는 것이 맘 아파서가 아니다. 너는 남자로 태어났지만 동쪽 변두리의 한낱 수재秀才:과거 준비생일 뿐이다. 그런데 너의 발로 대국의 산천을 밟아 본다니 다행이구나. 이번 여행에서 산천 풍속을 일일이 기록하여 돌아오거든 나에게도 보여 다오. 내가 지금 너를 보내면서 부럽기도 하고 기쁘기도 할 뿐이지, 이 이별이 슬픈 것인지는 모르겠구나. 내가 어미로서 너를 염려하는 것은 당연하니 내 걱정은 하지 말거라. 나를 위한다면 조심 또 조심하거라. 잘 다녀오시게."

나는 대답했다.

"명하신 것을 삼가 받들겠습니다."

작별 인사를 다 드리고 다음날 서울로 올라왔다.

_ 강호보, 『상봉록』(桑蓬錄), 1727년 10월 24일

1-4. 전에도 그랬듯, 길을 가면 모든 것을 쓰게 될 것이다

우리 조선이 청에게 예물 바치는 일을 행한 지 벌써 백여 년이 지났고, 사행은 해마다 유주幽州와 계주薊州의 길을 가는데 두 번 세 번까지 가기도 한다.

우리는 벗들을 연경에 보내며 글을 써 주면서, 벗들이 여러 가지를 볼 것이라 한다. 우선 먼 길을 가는 어려움, 흥성하고 피폐한 문물에 대한 감동이나 개탄, 산하의 경치와 누대의 웅장하고 화려함, 배와 수레·성곽의 웅장하고 부유함이다.

또한 그것을 보고 벗들이 느낄 바에 대해서도 쓸 것이다. 아픔을 참고 원통함을 품을 것이라는 내용으로부터 안목을 넓히고 마음 한 자락을 씻는다는 표현도 할 것이다.

이러한 내용들은 이미 연행을 하고 보낸 선배들의 시와 문장으로 펼쳐져 있다. 그리하여 아주 새로운 것은 거의 남은 것이 없는 것처럼 느껴질 수 있다.

_ 유척기(俞拓基), 「부사로 연경에 가는 윤급을 보내는 서」(送尹副使景孺汲赴燕序), 『지수재집』(知守齋集) 권15, 1746년

1-5. 너무 빨리 돌아가신 아버지의 참으로 아름다운 흔적

돌아가신 아버님이기지(李器之) 진사 부군께서는 식견이 높아, 좁은 귀퉁이 땅에 옹색하게 있는 것을 싫어하여 가재稼齋 김공金公: 김창업이 연경에 다녀왔던 일을 들으시고 이를 기뻐하셨다.

마침 돌아가신 할아버지 충문공忠文公: 이이명(李頤命)께서 고부사告訃使로 연경에 가시게 되어 마침내 마음을 먹고 따라가게 되셨다. 풍부한 유람은 거의 가재와 맞먹을 만하였지만, 돌아와서 해를 넘기기도 전에 불행하게도 신임옥사辛壬獄事: 1721~1722, 노론과 소론이 연잉군(후일 영조) 왕세제 책봉문제로 충돌한 사건에 걸려들게 되고 마셨다.

연행을 다녀오며 쓴 글은 아직 원고를 끝마치지도 못하고 빠진 곳이 아주 많으며, 중국 인사와 문답을 나눈 여러 종이도 아울러 모두 흩어져서 서로 참고하여 바르게 고칠 수가 없게 되었다. 이런 이유로 초고에만 의지하여 네 권으로 만들었다.

아아, 슬프다! 아버님의 목소리와 얼굴은 날로 멀어지고, 남아 있던 흔적도 날로 가려져 남아 있는 것이라고는 오직 이 글뿐이지만 이 또한 온전한 것도 아니다. 그러나 이 글은 상세하면서도 번다하지 않고, 수수하면서도 저속하지 않아, 읽으면 아름답고 조리가 있어 싫증이 나지 않는다.

산천, 도리道理, 성궐, 탑과 사당의 장대하고 아름다우며 다른 곳에 없는 특별한 경관과 기화奇花, 괴석恠石, 법서法書, 명화名畵의 기이한 감상물, 예전 현인의 유적, 변방의 형승, 사람들과 풍속의 변화가 또렷이 눈앞에 펼쳐져 마치 몸소 연계燕薊: 연경과 계주 땅을 유람한 것같이 문견을 넓힌다. 이런 중화의 풍모를 알아서 우리나라의 좁은 식견을 넓혀 주니 비 내리는 탑상이나 등불 밝힌 창가에 앉아서 따분함을 풀고 잠을 내쫓는 데만 필요한 것이 아니다.

뒷날 이 글을 보는 사람은 반드시 이로 인해 아버님의 우뚝한 식견과 넓은 재능을 알아보고 그 불행한 일을 탄식하며 안타까워할 것이다. 아아, 가슴이 메어 온다.

경자庚子: 1720 이후 39년, 기묘己卯: 1759 정월 보름에 불초고아[不肖孤] 봉상鳳祥이 피눈물을 흘리며 삼가 쓴다.

_ 이봉상, 「연행일록 서」, 『일암연기』, 1759년 1월 15일

2부

가깝고도 먼 그 길, 개성-평양-의주

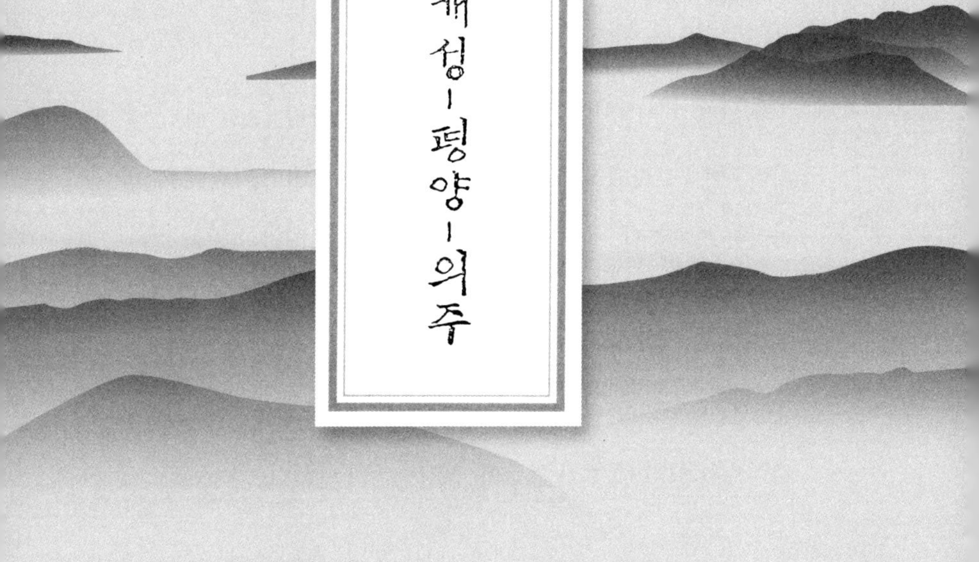

2-1. 개성: 선죽교와 고려 옛터

낙타교와 선죽교, 정확히 알고 싶은 고려

장단에서 점심을 먹고 곧 출발하였는데 송경松京:개성까지는 20리가 남았다. 멀리 송악산松岳山이 보였다. 봉우리들이 용이 나는 듯 봉황이 춤추는 듯했다. 나는 이 길을 평생 처음 와 보지만, 묻지 않아도 고려 옛 도읍임을 알 수 있었다.

40리를 가서 낙타교일명 탁타교(橐駝橋)를 지났다. 고려 태조 때 거란契丹이 고려와 화친하고 싶어서 사신을 보내고 낙타도 수십 마리를 보냈는데, 고려 태조가 그 사신의 목을 베어 버리고 낙타들은 다리에 묶어 놓고 굶겨 죽이라 명령했다. 그래서 낙타교라고 불린 것이다. 다리 주변에 짧은 비석이 세워져 있는데 '낙타교'라고 새겨져 있었다. 말에서 내려 읽어 보려고 했는데 글자가 희미해서 읽어 낼 수가 없었다. 통역관들이 말했다.

"이 다리가 포은정몽주이 절개를 위해 죽은 곳이랍니다."

내가 말했다.

"포은 선생께서는 선죽교에서 돌아가셨지, 이곳에서 돌아가신 것이 아니다. 너희들이 우리나라 일에 대해서도 오히려 이와 같으니, 외국 일에 대해서는 어떻겠는가!"

듣는 사람들이 모두 웃었다.

태평관太平館의 숙소로 들어갔다. 예전에 송도松都에서는 전대 왕조의 옛 풍모가 여전히 남아 전해 온다고 들었는데 지금 와서 보니 건물의 만듦새가 다른 곳과 달랐다. 모든 벽이 서까래 끝까지 이어져서 처마가 없었으니, 이것 역시 고려의 옛 제도이다.

_ 강호보, 『상봉록』, 1727년 11월 6일

직접 본 역사의 현장

관은官銀: 나라에서 주는 연행 비용을 받는 일 때문에 송경에 머물렀다.

숭양서원崧陽書院 동쪽으로 수백 보를 가면 선죽교善竹橋가 있다. 정몽주 선생이 죽은 곳이다. 평평한 들이 숫돌과 같이 미끈하고 먼 산이 그림과 같았는데, 아침 해가 비추자 쌓인 눈이 희게 빛나 문득 가슴속이 상쾌해졌다.

다리의 좌우에는 세 개의 빗돌이 있었는데 빗돌마다 모두 비각이 있었다. 그중 하나에는 '고려시중 포은정선생 성인비'高麗侍中 圃隱鄭先生 成仁碑라 되어 있고, 그 아래에는 두 줄로 '일대충의 만고강상'一代忠義 萬古綱常이란 여덟 자가 기록되어 있다. 하나는 어제비御製碑인데 앞면에는 임금영조이 지은 시 한 구를 새겼다.

도덕과 충성된 맘 만고에 뻗어갈 것이니　　道德精忠亘萬古
태산 같은 높은 절개 지닌 포은공이여!　　泰山高節圃隱公

뒷면에는 소지小識가 있는데 모두 좋은 글씨였다. 빗돌 하나는 냇물을 건너 밭 사이에 있었는데, 역졸이 말했다.

"이것은 포은 선생의 보좌역[錄事]으로 그때 선죽교에서 같이 죽은 사람의 빗돌입니다."

그래서 눈길을 뚫고서 가서 보니 (녹사의 비가 아니라) 곧 옛날의 재상이었던 성여완成汝完의 선정비善政碑였다. 다리 근처에는 또 짤막한 비가 있었는데, 다리 이름이 새겨져 있다.

사람들이 말하길 다리의 돌에 아직도 선생의 핏자국이 있다고 했다. 사람을 시켜서 눈을 쓸고 찾아보니 과연 붉은 흔적이 있는 돌이 있었는데 핏자국이 여러 돌 조각에 퍼져 있었다. 다리 옆에 가면 더욱 핏자국이 분명하고 끊어지지도 않았는데 그 지역 사람들이 말하였다.

"언제나 하늘이 흐려서 비에 젖게 되는 날에는 핏자국이 더욱 분명합죠."

정포은의 단심丹心과 순수한 충성심이 금석金石도 꿰뚫어서 사라지지 않았으니, 핏자국이 푸르게 된 것은 어찌 홀로 장홍萇弘 : 주(周)나라 인물. 무고하게 사형당한 한 때문에 그의 피가 3년 후에 벽옥(碧玉)으로 변했다는 고사가 있다의 빗돌만이 그러했겠는가. 참으로 보는 사람에게 큰 한숨을 쉬게 만드는 곳이다.

일찍이 포은의 일은 여러 글에서 볼 때에도 가을 서리와 같이 차가우면서도 태양처럼 뜨거운 그 기개에 모골이 송연해졌다. 하물며 포은이 죽임을 당했던 땅에 직접 와서 그 일을 말하니 어떻겠는가! 몇 식경食頃 : 한 끼 먹을 만큼의 시간, 잠깐 동안이나 여러 사람들과 함께 걸으며 두루 보았다.

_ 이의봉, 『북원록』(北轅錄), 1760년 11월 5일

2-2. 길 떠난 지 일주일, 평양에 가다

평양 기생은 바쁘다

다모茶母: 관청에서 온갖 일을 하던 여종를 부르는 소리가 새벽까지 끊이지 않기에 까닭을 물었더니, 일행 중 비장裨將과 역관 무리들이 그렇게 다모를 찾는다는 것이었다. 온 읍내의 기생이라야 노약자를 빼고, 손님 대접을 치를 만한 자는 기껏해야 수십 명을 넘지 못한다.

이들을 삼사신정사, 부사, 서장관 일행에 나누어 배정하자면 비장이나 역관들에게는 두세 사람당 다모 하나 꼴이다. 숙소가 각각 다르다 보니 이러저리 불려 가야 된다. 이 때문에 담당 관리의 고충은 견디기 어렵다고 하였다. 기생에게 물으니 연경에 가는 사람과 동침하는 것을 '별부'別付라 부른다 한다. 이들 중에 미친 듯이 분주하게 하룻밤에 너덧 군데를 도는 자가 있다. 그 때문에 수청을 들다가도 그 밤중에 몰래 나간다고 했다.

_ 김창업, 『연행일기』(燕行日記), 1712년 11월 11일

비가 오다가 늦게 개고 바람이 불었다. 평양에 머물렀다.

황순승黃順承과 진사 노경래盧警來가 와서 뵈었다. 노 진사는 형님과 동년同年: 과거급제 동기으로 역시 성 밖에 산다고 했다. 평양 기생 사금四金은 노래를 잘 부르는 기생이라 하여 불러 왔는데, 목이 아프다는 핑계로 두어 곡만 부르고 말았다. 사람됨은 가증스럽지만 전에 이정엽李廷燁: 1674~1735. 조선의 유학자로 송시열 문하에서 수학. 조부는 이제두, 부친은 이상임의 눈길을 받았다고 하여 술을 주었다. 이 기생은 또 전 감사의 아들과 얽힌 정이 있어 헤어질 때 눈물을 비 오듯 흘렸다고 사람들이 많이 이야기하였다. 나는 그를 위하여 절구 한 수를 짓고 나서 물었다.

"때마다 흘리는 눈물이 어찌 그다지도 많은가!"

삼화三和 기생 계한매桂寒梅가 곁에 있다가 대답하였다.

"이별 앞에서 흘리는 눈물인데, 누구인들 그렇게 하지 못하겠습니까?"

그 말이 더욱 우스웠다.

_ 김창업, 『연행일기』, 1712년 11월 12일

2-3. 평양의 풍류 공간, 연광정

평양에서의 연회

저녁에 초연대超然臺를 가 보았다. 이곳은 어제 강가에서 바라본 곳이었다. 부성附城이 높이 쌓여 있고 대 위에 정자丁字 모양으로 지은 누각은 짜임이 정교하고 단청이 아름다웠다. 삼면으로 창이 있는 난간을 내었기 때문에 구부려 침을 뱉으면 강물에 떨어질 듯했다. 시야가 더욱 넓게 트였는데 지나치게 우뚝 솟은 모습이라, 평온하고 조용한 연광정練光亭만 못하였다.

서윤庶尹 : 부에 소속된 관리이 먼저 와서 앉아 있었고 강서 군수江西郡守 홍득범洪得範이 왔으며, 조금 뒤에 형님도 전직 감사를 만나보고 뒤따라왔다.

조금 앉아 있다가 곧 일어서서 연광정을 향해서 성을 따라 올라갔는데, 나는 걸어서 읍호루挹灝樓에 올랐다. 이 누각은 바로 대동문의 문루門樓로서 볼품이 연광정 다음은 되었다. 조카 김제겸金濟謙: 김창집의 아들과 아들 김언겸金彦謙 두 아이가 성 안팎을 구경하고 돌아와 드디어 함께 모였다.

예전부터 연광정에 앉을 때마다 물과 난간이 같은 높이로 느껴졌다. 정자의 높이를 알맞게 지었기 때문에 강의 수면이 탁 트여 보였던 것이다. 이제야 그 까닭을 알았다. 강가에 세운 정자는 많이 있지만 모두 이렇지는 못하다. 얼마 되지 않아 달이 뜨니 금빛 물결이 강에 가득했다. 그때 서윤이 기악妓樂: 기생과 악사를 부른 잔치을 마련했다. 청사초롱에 촛불을 밝혀 들보에 매어 다니 대낮처럼 밝았다. 도사都事 권황權熀 군도 그 자리에 있었다.

밤이 깊어 자리를 끝내고 형님은 선화당으로, 나는 숙소로 돌아갔다. 강서 군수가 모부毛浮: 개털로 만든 깔개 하나를 선사했다. 그것은 친구의 정분으로 한 것이다.

_ 김창업, 『연행일기』, 1712년 11월 12일

잔치는 계속 된다

정사낙창군(洛昌君) 이당(李樘)께서 연광정에 오르셔서 서장관과 더불어 기악을 모아 밤잔치를 했다. 정사께서는 풍류공자風流公子로서 빼어난 풍모와 호기豪氣가 밖으로 넘쳐 나셔서, 신선처럼 잔치 즐기시기를 좋아하셨다. 황주에 이르렀을 때 등불의 심지를 돋우며 풍악을 울리고 밤새도록 잔치를 하니, 일행이 모두 모여 구경하며 행역의 고됨을 달랬다.

그런데 나만 홀로 가서 보지 않았다. 내 비록 선비의 행실을 지니지 못했는데도 정말 의외로 이번 사행에 참여하게 되었다. 나는 부사공께는 아들이나 다름없는 대우를 받았고 또 원룡元龍: 부사의 친아들과 같이 출입하고 기거하면서도 직분인 군관처럼 행동하지 않았다. 그런데 상사, 서장관의 앞에서도 군관처럼 행동하지 않는다면 교만하다 할 것이다. 체면을 손상시켜 억지로 남을 따라서 군관의 체모를 갖춘다면 마음에 달갑지도 않거니와 할 수도 없는 짓이었다.

또 일행 중에서 나는 군관, 역관의 무리와 비슷하지 않다고 자처하면서 행동마다 늘 어긋나고 불편했었다. 게다가 소리하는 기생의 시끌벅적한 사이에 휩쓸리고 싶지 않았던 것이니, 이것은 구구하지만 내 소신이다. 그러므로 잔치를 벌일 때마다 모든 사람들이 함께하는데도 모두 허락하지 않았고 모임에 간 적도 없다.

오늘 정사께서 연광정에서 노실 때 부사공이세근(李世瑾)에게 알려 함께 즐길 것을 바라셨다. 부사공께서 나를 불러서 말씀하셨다.

"나라가 매우 심하게 모욕을 당했는데 무슨 맘으로 잔치하고 놀겠는가? 단 상사께서 필시 섭섭하게 여기실 것이니, 그대와 우리 아이가 함께 나를 대신하여 모임에 가게나."

나는 대답했다.

"모두가 왕의 신하니莫非王臣:『시경』(詩經) 「소아」(小雅) '북산'(北山)에 나오는 말, 그 의리에 어찌 귀하고 천한 차이가 있겠습니까? 모욕적인 자문咨文은 소인 등에게도 원통하지 않겠습니까!"

공이 말씀하셨다.

"자네 말이 맞네만 원통함도 약간의 차이는 있네. 또 내가 이미 몸이 아프다 하고 다른 사람을 대신 보낸다며 상사께 회답했으니 그 말을 실행할 수밖에 없네. 자네들은 잠깐이라도 다녀오게나."

내가 웃으며 말하였다.

"받들겠습니다. 성인께서 말씀하시길 '음악을 들어도 즐겁지 않다'聞樂不樂:『논어』「양화」(陽貨)라는 말이 오늘 딱 빌릴 수 있는 말입니다."

결국 원룡과 함께 가서, 식경쯤 있다가 돌아왔다.

_ 강호보, 『상봉록』, 1727년 11월 12일

2-4. 한양처럼 번성한 평양

사대查對:가져가는 공문서를 대조하고 사전 검열하는 일와 관은官銀:나라에서 가지고 있는 돈을 바치는 일로 평양에 머물렀다. 아버지께서 타락죽을 잡수셨고 나는 흰죽을 먹었다. 김약수·홍명목과 함께 고삐를 나란히 잡고 나갔으니 여러 좋은 경치를 보기 위해서였다. 거리에 이르니 마을의 번성함과 저자의 풍부함이 한양과 비슷했다.

다락 현판에 '부벽루'浮碧樓라고 붙어 있으니 주지번朱之蕃: 명나라 관리. 서화에 능하여 조선에 사신으로 왔을 때 글씨를 여러 점 남김의 글씨였다. 이 누대는 본래 영명사의 남쪽에 있었으니 흥상인興上人:상인은 스님이 창건한 것이다. 고려 예종睿宗이 서쪽으로 순행을 할 때에 이곳에서 여러 신하들과 시문을 지어 주고받았다. 그리고 옥당玉堂 이오李頫에게 이 누대의 이름을 붙이라고 명했다 한다.

마루 좌우의 기둥에는 고려 때 학사였던 김황원金黃元의 시가 붙어 있었다.

긴 성의 한 편에는 도도히 강물 흐르고, 長城一面溶溶水
큰 들판 동쪽에는 점점이 산이 솟아… 大野東頭點點山

김황원은 이 누대에 올라와서 옛사람이나 지금 사람들이 읊은 시를 보자 자기 뜻에 만족스럽지 못하다고 여겼다. 이내 그 시판詩板을 불살라 버리게 하고 난간에 기대서 하루 종일 시를 괴롭게 읊었으나 다만 이 한 구만을 얻었다. 그러고는 시상이 메말라서 엉엉 울고는 떠났다고 한다.

하인 둘의 부축을 받아 금수산錦繡山으로 올라갔다. 산이 높직해서 여러 차례 쉬고서야 최승대最勝臺에 이르게 되었다. 담배 피우고 차를 마시며 오랫동안 앉아 있다가 모란봉에 올라가니 왼쪽에 있는 것을 문봉文峰, 오른쪽에 있는 것을 무봉武峰이라 했다. 긴 강을 굽어보며 푸른 벽에 기대서 큰 들을 임하게 되었으니, 누대가 은은하게 비추는 것이 보이다 안 보이다 했으며, 바닷기운이 까마득한 데에서 보였다 안 보였다 했다. 모든 집의 밥 짓는 연기가 또 한눈에 마주 보였다.

평양의 경치를 다 받아들이는 곳으로 여기보다 더 나은 곳은 없다.

_ 이의봉, 『북원록』, 1760년 11월 11일

2-5. 평양과 의주 사이, 백상루: 잔치와 유람의 공간

백상루는 효종도 춤추게 한다

식후에 형님김창집을 모시고 백상루百祥樓: 평안남도 안주군에 있는 고려 시대 누정. 관서팔경(關西八景)의 하나에 올랐다. 병사兵使도 따라왔는데, 바람이 많이 불었으므로 오래 앉아 있지 못하고 곧 돌아왔다.

효묘孝廟: 효종께서 심양에 왕래할 때 이 누각에 오른 적이 있었다. 그때 술이 얼큰해진 효종이 일어나 춤을 추시면서 기생들을 돌아보고 맞춤을 추게 하였으나 감히 그 명령에 응하는 자가 없었는데, 한 기생이 일어나 춤을 추었으므로 효종이 기뻐하셨다 한다.

내가 지난 경진년1700에 이곳을 지날 적만 해도 그 기생이 살아 있었다. 그러나 볼 수가 없어서 유감으로 여겼었는데, 이날

물어보니 이미 죽었다고 하였다.

_김창업, 『연행일기』, 1712년 11월 16일

백상루—서관 제일 누대

안주부터 50리를 가서 가산嘉山에서 잤다.

이날은 동짓날이어서 첫새벽에 아버님께서 안흥관安興館에 나아가서 망하례望賀禮 : 나라에 경사가 있을 때 고을 원이 하던 예식를 행하시고 표문과 자문을 사대하셨다.

나는 팥죽을 먹고 이현후와 함께 말을 나란히 타고 북성 아래에 이르러 백상루에 올랐다. 사다리가 모두 11층이나 되었다. 높고 크기가 서관西關에서 제일가는 누대였다.

가깝게는 조그마한 냇물을 내려보고 멀리로는 긴 강을 끼고 있으며, 평평한 들이 아주 까마득히 멀게 곧바로 한눈에 들어왔다. 여러 봉우리들이 높고 낮게 세 면을 에워싸고 있으며 어린 뽕나무와 여린 버드나무가 높직한 성 위 낮은 담 밖을 가리고, 붉은 태양과 엷푸른 이내해가 지고 뜰 때 보이는 푸르스름한 기운가 층층 얼음 위를 비추었다.

난간에 기대어 이리저리 걸어 보니 기분이 상쾌해지는 것을 금할 수가 없었다. 얼마 뒤에 관청의 늙은 종들이 거듭거듭 와서 자리를 메고 병풍을 메며 빗자루를 들고, 뜰에서 분주히 서로를 부르고 있었다. 그 까닭을 물으니 말하였다.

"부사와 서장관이 행차합니다."

_ 이의봉, 『북원록』, 1760년 11월 15일

2-6. 의주, 조선의 마지막 기착지

수성촌과 통군정에서 떠올린 옛일

맑고 추웠다. 의주에 머물렀다.

아침에 부윤府尹: 지방관이 왔다. 오후 늦게 형님을 따라 증조할아버님김상헌(金尙憲)의 서원을 참배했다.

성안 서편에 서원이 있는데, 본래 을파소乙巴素공의 사당이던 것을 무인 연간1698, 숙종 24에 증조할아버님을 함께 제향하게 됐다. 서원 유생 4~5인이 복식을 갖추고 의식대로 절하는 것을 보니 매우 기뻤다.

서원을 떠나 수성촌壽星村 옛터에 갔다. 증조할아버님께서 경진년1640에 심양에 잡혀가서 6년 동안 억류되셨는데, 신사년1641 겨울에 병환 때문에 이곳에 돌아와 1년을 머무셨다. 마침 상국相國: 재상의 별칭 서경우徐景雨, 상서相書: 판서의 별칭 이현영李顯英도 한 마을에 있게 되어 서로 시를 주고받으며 지냈다. 그래서 마을의 이름을 '수성'壽星 : 남극 하늘에 뜨는, 장수를 관장한다는 별. 일명 노인성(老人星)이라 하였다. 아마도, 증조할아버님과 서 상국·이 상서 양공은 연세가 오륙십이었던 모양이다. 증조할아버님의 시에 이런 것이 있다.

궁궐에서 만났던 우리
세상의 끝에서 다시 만나니 天涯邂逅接紫門
반가운 만남은 고향인 듯하여라 歡會依然似故園
훗날 용만龍灣: 의주의 별칭의 지리지에는 他日龍灣輿地誌
정녕코 수성촌이 편입되리라 定知編入壽星村

이 수성촌은 통군정統軍亭 밑에 있는데 지금은 폐허가 되고 비석 하나가 그 자리를 알렸다. 그리고 '청음선생비'淸陰先生碑란 다섯 자를 새겨 비각碑閣으로 덮었다. 이는 소두산蘇斗山(1627~1693). 조선 후기의 문신이 이곳의 부윤으로 있을 때 세운 것이다.

형님은 응향당凝香堂으로 돌아가고 나는 통군정으로 향했는데 조카 제겸濟謙이 따라왔다. 세속에서는 중국에 들어가는 사람은 이 정자에 오르기를 꺼린다고 하여 혹자는 만류했지만 끝내 올랐다.

압록강이 동북쪽에서 흘러오다가 이 정자 밑에 와서 두 갈래로 갈라지며, 중강中江: 압록강 지류은 서북쪽에서 흘러와서 마이산馬耳山을 스쳐 압록강 하류로 들어오므로, 이 세 물이 종횡으로 베 짜듯이 얽힌다. 언덕 저쪽엔 청나라 산들이 첩첩이 둘러 있는 가운데 마이산이 가장 가까워 만져질 듯하였으나 다만 하나의 작은 산일 뿐이다. 멀리 서북쪽을 바라보면 석봉石峯이 있는데, 그곳은 송골산松鶻山으로 우리가 강을 건너면 이튿날 그 산을 지나게 될 것이라고 하였다. 서남쪽은 시계視界가 더욱 트여 드넓은데, 바다 입구가 예서 멀지 않기 때문일 것이다. 점점이 보이는 먼 산 사이로 보이는 뾰족한 봉우리도 역시 호국 땅이라고 했다.

강 언덕 아래위로 초막들이 땅에 붙어 다닥다닥한데, 파수병들이 있는 곳이라고 했다. 저쪽 땅에선 곳곳에 불을 놓아 연기가 수십 리에 뻗쳐 하늘에 자욱하다. 어젠 더욱 심했는데, 역시 사람은 보이지 않았다.

_ 김창업, 『연행일기』, 1712년 11월 22일

사대와 사냥, 기생의 칼춤

의주에서 머물렀다. 아버님께서 내선각來宣閣에서 회동하여 표문과 자문[表咨]을 사대査對 : 가져가는 공문서를 대조하고 사전 검열하는 일 했고, 서울로 보내는 서신을 배지陪持 : 지방 관청에서 장계를 가지고 서울에 가는 사람에게 부치셨다.

정사 일행의 접대를 맡은 방기房妓가 곧바로 뜰아래에 나가서 일행을 응대하지 않았다는 이유로 책임을 맡은 기생[首妓]을 때려서 심문했다.

북경 갈 때 인부와 말을 정리하는 관원 권정철權廷喆이 와서 뵈었다.

_ 이의봉, 『북원록』, 1760년 11월 20일

의주에 머물렀다. 아침밥을 먹은 뒤에 백마우白馬隅에 나아가서 사냥을 했다. 대동승大同丞 성장聖章 : 이봉환(李鳳煥)의 자(字), 자겸子謙 : 조광규(趙光逵)의 자, 유성幼成 : 홍찬해(洪贊海)의 자 그리고 역관[員譯] 여러 사람들이 따랐다. 아버지께서 가마를 타고 남문으로 나오셔서 말 탈 사람들을 선발하고 다 똑같은 옷을 입혀 앞을 인도하게 하셨다.

화살이며 활, 각종 그릇들을 짊어진 사람이 30명이었다. 기녀가 전립氈笠과 전복戰服 차림으로 말을 탔는데 떼를 지은 사람이 14명이었으며 깃발을 잡고 있는 사람들이 4명이고, 몽둥이를 메고 있는 자가 4명이었으며 병졸[軍牢]들이 6명이고 호령하는 집사執事가 1명이었다. 북·흙장구·피리·관악기·해금을 연주하는 사람이 각 1명이었으며, 나팔을 부는 자와 퉁소를 부는 자가 각각 2명, 가야금을 멘 사람이 또 1명이었다. 매를 팔에 앉힌 자 3명, 사냥개를 다루는 종이 6명이었다. 몰이꾼은 시골 백성 30여 명이고 군복을 입고 수레를 쫓아오는 사람들 8명, 이들을 포함하여 사람은 모두 128명이었고, 말은 모두 57마리였다.

_이의봉, 『북원록』, 1760년 11월 22일

성긴 숲에 엷은 수풀은 섬의 면적을 가릴 수가 없었으니, 그곳에는 잡을 만한 토끼와 꿩이 없다는 것을 알 수가 있었다. 말 탄 자들이 사면에서 들어와서 왔다 갔다 하면서 서로 돌진하였으니 그 빠르기가 나는 것과 같았으며, 달리는 사냥개는 모두 말보다 앞섰다. 나팔을 불어 명령을 하면 몰이꾼들이 소리를 내서 고함을 쳤으니 또한 기이한 볼거리였다.

어떤 말 탄 사람이 맨 뒤서부터 철봉을 메고 나는 듯 달려와서는 무릎을 꿇고 꿩 한 마리를 올렸다. 좌중에 있는 사람들이 모두 말했다.

"시장에서 사 가지고 와서는 후한 상을 바라는구나."

꿩을 갖고 온 자가 꽤나 주저리주저리 설명하는데, 그 모습이 우스워 다들 껄껄 웃었다. 꿩은 그저 부엌일꾼[廚人]에게 처리를 부탁하였다.

_이의봉, 『북원록』, 1760년 11월 22일

밤엔 응향당에서 칼춤을 구경하였다. 정사[上房]와 부사[副房], 서장관의 군관들이 함께 역마를 점검하여 먼저 가마 멜 말[駕轎馬]부터 가리고 나머지를 일행에게 분배하였는데, 나는 양양襄陽 역참의 종[驛奴] 업립業立의 말을 차지했다.

_ 김창업, 『연행일기』, 1712년 11월 22일

조금 뒤에 음악이 연주되자 열두 살짜리 어린 기생 차애次愛에게 칼춤을 추라고 했다. 넓고 크게 칼을 놀리면서도 위엄 있고 절도에 맞으니 참으로 기이한 재능이었다. 또 여러 기녀들에게 명령을 해서 대오를 나누어서 노래 부르고 춤을 추도록 하였다. 춤추는 소매는 나풀대는데 움직이는 모습이 늠름할 뿐, 예쁘고 요염한 태도는 조금도 없었다.

말 탄 이들이 일제히 무릎을 꿇고 앉아 말했다.

"변방에서 태어나고 자라서 일삼은 것이라고는 활을 쏘고 말을 달리는 것뿐이니 한번 시험해 주시기 바랍니다."

곧바로 명령을 하니 두 개의 곤봉을 길의 남북 쪽에다 세워 놓고 좌우에서 말을 달려서 쏘았다. 적중을 하면 북을 치고 적중을 하지 못하면 꽹과리를 치는 방식이다. 그들 중 나이가 17~18세쯤 되는 자만이 두 개의 곤봉을 다 맞혔고 그 나머지 5~6인은 각각 한 발씩만 맞혔다. 다 맞힌 자에게는 광목 한 필을 상으로 주었고 그 아래는 차등이 있었다.

이윽고 해가 먼 산봉우리로 넘어갔다. 조심해서 갈 것을 명령하니, 음악이 연주되고 나팔을 불었다. 여러 기녀들이 말 위에서 노래하고 춤을 추며 남문으로 들어갔다. 날은 다 저물어 횃불을 환히 밝힌 채 돌아왔다.

_ 이의봉, 『북원록』, 1760년 11월 22일

2-7. 국경을 건너다

압록강을 건너는 슬픔

압록강을 건너는 사람은 원역수석 통역 이하 537명이고, 말은 435필이었다. 거기에다 본부의 군리軍吏와 관청 말 관리인, 전송 나온 가족들이 많았으므로 인마人馬의 소리가 요란했고 술과 고기를 차린 장막이 2~3리쯤 뻗쳐 장관을 이루었다.

송별 잔치 준비를 마치고 기악妓樂:기생들의 음악 연주이 시작되자 부윤이 나를 자리에 들라고 권하였다. 나는 군복을 제대로 갖춰 입지 않았음을 핑계로 사양하다가, 굳이 청하기에 들어가 부윤의 왼쪽에 앉았다. 술이 두어 순배 돌자 해가 저물었는데, 그때까지 짐 검사가 끝나지 않았다. 형님은 먼저 떠나 썰매로 강을 건넜는데, 잠깐 언덕 위에 앉아 기생들의 '말달려 깃발 뽑기'를 구경하셨다.

소서강小西江을 지나 중강中江에 이르니, 이 중강을 지나면 중국 땅이다. 조카 제겸을 여기서 떼어 보냈는데, 이별의 회포가 갑절이나 슬펐다. 전도前導: 길잡이들도 다 돌아갔고 다만 병졸 둘, 군관 둘, 인로引路: 길 인도하는 사람 둘, 일산日傘받이 하나만 남았다.

중강 이후로는 키를 넘는 갈대가 길옆에 우거졌다. 여기에 이르면 초행길인 사람은 흔히 눈물을 흘리고, 강 위에서 전송하는 자는 멀리 바라보다가 푸른 일산이 너풀너풀 잠깐 사이에 사라져 가는 것을 보고 맘이 녹아내리지 않는 이가 없다고 한다.

_ 김창업, 『연행일기』, 1712년 11월 26일

아침 나절에 의주 부윤 이정주李挺周와 서장관이 강변으로 먼저 가서 짐 검사를 했다. 아침밥을 먹은 후 상사가 먼저 출발하고 부사가 그 뒤를 따랐다.

남문으로 나와 강변에 이르자 장막이 펼쳐져 있고 안장을 얹은 말들이 구름처럼 모여 있었다. 서장관과 의주 부윤이 막 짐 검사를 하는데, 명부에 점을 찍어 가며 이름을 부르고[點名] 행장을 검사했다. 정한 품목 이외의 물건과 금지된 물품이 있는지를 살폈다. 하지만 검사가 매우 간단해서 겉치레일 뿐이었다.

오시午時: 오전 11시~오후 1시에 압록강을 건너면서 여러 사람들과 작별을 했다. 이별의 애틋한 정이 친척과 다를 바 없었다. 의주

까지 같이 왔던 횃불 드는 자와 길 안내를 했던 자들은 여기에 모두 남겨 두었다. 단지 길 안내자 두 사람과 일산日傘받이만이 따를 뿐이어서 규모가 매우 단출해졌다.

_ 이기지, 『일암연기』, 1720년 8월 18일

상사上使를 모시는 수역首譯: 책임 역관 한흥오韓興五, 어의御醫 김덕삼金德三, 서원書員 김천수金千壽 등과 함께 길을 갔다.

1리를 가서 소서강이 나오자 말을 탄 채 건넜는데 강물이 매우 맑고 물살이 빨랐다. 또 2리를 가서 중강을 건넜다. 물살이 매우 세차서 배를 나란히 대기가 무척 힘들었다. 중강 개시開市: 변방의 무역시장에 참여하러 이곳에 온 중국 봉황성鳳凰城 사람들이 강변에 죽 늘어서 있으면서 배에 탄 사람들을 서로 손가락으로 가리키곤 했다.

뭍에 내리자 우리나라 역관과 말몰이꾼들 중에는 봉황성 사람들과 서로 알고 지내는 자들이 많아 앞다투어 악수를 하고 웃으며 이야기를 나누었다. 그중에 난두攔頭: 사행(使行) 물건을 도맡아 대는 중국 상인와 통관通官: 중국 측 역관 문이봉文二鳳, 하인 손주주孫珠珠 등은 모두 우리말을 할 줄 알았다. 여러 청인들이 나를 에워싸고 바라보며 동행 정숙正叔에게 물으니, 정숙이 답하였다.

"상사 어르신의 자제분이시다."

아마도 내가 도포를 입고 마대麻帶: 삼으로 꼰 띠를 하였으며 발에는 미투리를 신고 있어 옷차림이 역관들과 달랐기 때문에 물어본 것 같다.

_ 이기지, 『일암연기』, 1720년 8월 18일

압록강을 건넌 뒤로부터는 사람 키를 넘는 갈대숲이 이어져, 수백 보를 가다 뒤돌아보자 벌써 강 언덕에 있는 사람을 볼 수 없었다. 강 언덕에서 바라보는 사람 또한 응당 이와 같을 터이니, 만약 아끼고 사랑하는 이를 강가에서 전송하는 자가 있다면 그 이별의 슬픔을 더욱 견뎌내기가 어려울 것이다.

강에서 4리를 가서 방피포方陂浦를 건넜다. 강은 좁았지만, 말 허리까지 차오르는 깊이로 더러운 물이 흘렀다. 또 2리 가서 삼강三江을 건넜다. 이 강은 곧 또 다른 지류로 압록강으로 흘러드는데, 강폭이 넓으면서도 물은 얕아 겨우 사람의 무릎에 닿았다. 작은 언덕에 올라 의주 통군정을 돌아보니 역관들이 말했다.

"돌아올 때 이곳에 이르러 이 정자를 바라보면 고향집을 보는 것과 같은 기분입니다."

_ 이기지, 『일암연기』, 1720년 8월 18일

국경을 건너며: 지리 문헌 팩트 체크

압록강의 근원은 백두산에서 나온다. 서남西南으로 2,000리를 흐르는데, 중국의 길림吉林, 오랄烏喇: 요녕성 부근의 남쪽 경계와 우리나라 함경·평안 양도의 북쪽 경계를 돌아서 봉황성의 동남쪽에 이르러 바다로 들어간다. 이것이 바로 옛날의 마자수馬訾水로, 애강靉江이라고도 부른다.

구련성九連城은 바로 명明나라의 진강성鎭江城이다. 『청일통지』淸一統志에는 이렇게 기록되어 있다.

"구련성은 봉황성의 동쪽에 있다."

또 『금사』金史에는 이런 기록이 있다.

"알로우斡魯于가 합라전合懶甸에 아홉 개의 성을 쌓고 고려를 상대로 싸워 지켜 냈다."

지금 봉황성 바깥 편에 구련성의 옛터가 있다.

『금사』를 살펴보니 이런 기록이 있다.

"고려가 출병하여 갈라전曷懶甸에 아홉 성을 쌓자 알로斡魯도 대항해서 아홉 성을 쌓았다."

지금 『금사』와 『고려사』를 가지고 참고하여 고증한다면, 시중侍中 윤관尹瓘이 쌓은 (동북) 9성은 함주咸州, 웅주雄州, 영주英州, 길주吉州, 복주福州, 의주宜州 등의 경계에 있는 것으로서 함경남도가 '갈라전'이라는 것은 의심할 여지가 없다.

그렇다면 알로가 쌓은 것도 마땅히 함경남도에 속해야 하는데, 『청일통지』에 구련성이라고 억지로 갖다 붙인 것은 매우 잘못된 것이다.

_ 서호수, 『연행기』(燕行紀), 1790년 6월 22일

국경 저편의 첫날밤은 길에서

또 10리를 가서 신시申時: 오후 3~5시에 구련성에 도착했다. 옛날 성터[城址]는 어디에 있는지 알 수 없었고, 눈에 보이는 것은 다만 황량한 벌판뿐이었다. 의주 사람들이 먼저 와서 장막과 덫그물圍網: 야생동물을 막기 위해 설치한 그물을 미리 설치해 놓고 횃불을 밝히고 기다리고 있었다.

강가에 있을 때 청인이 청심환을 구하기에 한 알을 주었다. 이곳에 도착하자 여러 청인들이 수레에 병자 한 사람을 싣고 와서 김덕삼에게 진료하기를 청하였다. 김덕삼이 족삼리足三里: 무릎 아래에 위치한 기본 혈자리에 침을 놓아 돌려보냈다.

상사의 장막은 종을 엎어 놓은 듯한 모습에 겨우 두 사람이 누울 자리라, 상사는 내가 모시고 잤다. 군관과 역관들은 다른 장막에 흩어져 잤고, 말몰이꾼들은 모두 노숙하며 밤을 지새웠

다. 뿔피리를 불며 순라를 돌았으니 호랑이를 막기 위해서였다.

이곳에 와서야 처음으로 주방에서 올린 밥을 먹었다. 밥맛이 매우 좋았고 반찬 또한 정갈해서 입에 맞았다. 그런데 모기가 너무 많아 물리지 않은 사람이 없었고 매우 고통스러웠다.

_ 이기지, 『일암연기』, 1720년 8월 18일

3부

청나라 두 개의 중심, 심양과 북경

3-1. 금나라를 이은 청의 고도, 심양

심양 스케치

심양瀋陽은 지금 성경盛京이라 하는데, 봉천부奉天府와 승덕현承德縣이 모두 성 안에 있다. 5부府를 두고 시랑侍郎 이하의 관원들이 있다. 장군과 부도통副都統이 있어 8기旗의 군졸들을 관장한다.

성 둘레가 10리인데, 여덟 개의 문이 있다. 성은 모두 벽돌로 쌓았고 누각 형태의 문은 모두 세 겹의 처마로 되어 있는데, 옹성甕城 : 본성을 둘러싼 성에 둘러싸여 있다. 성이 비록 높고 웅장하기는 하나 황성皇城 : 자금성만은 못한데, 정교하기는 그보다 더 나은 편이다. 성 외곽은 토성土城이다.

사람이 많고 물건이 풍족하여 시가와 점포의 호화스러움은 북경 다음간다. 중심가에는 세 겹 처마의 높은 누각이 있고, 그 아래 십자로를 내어 수레와 말이 통행하게 하였다. 시장 문에서 길 좌우로 몇 리까지는 채색된 건물과 아로새겨진 창문에 물건들이 가득 차 있다. 모든 상인들은 다 무늬 있는 비단옷과 여우나 표범의 모피 옷을 입고 있었으며, 얼굴들이 분을 바른 듯 희고 깨끗했다. 아마도 만주 사람들은 아름답고 예쁜 사람이 많은 것 같다.

_ 홍대용, 「연로기략」(沿路記略), 『담헌연기』(湛軒燕記), 1765년

서쪽에 행궁行宮이 있는데, 정문을 태청문太淸門이라 하고 정전正殿은 숭정전崇政殿이라 했다. 숭정전 안을 들여다보았더니, '정대광명'正大光明이란 편액이 붙어 있었다.

왼편은 비룡각飛龍閣, 오른편은 상봉각翔鳳閣이고, 전각 뒤에 세 겹 처마의 높은 누각이 있어 채색 기와를 공중 높이 드러내고 있었다. 이것이 봉황루鳳凰樓인데, 『오조보감』五朝寶鑑 : 다섯 왕들의 기록으로 추정. 『오조회전』(五朝會典)으로도 추정이 보관되어 있다 했다.

좌우로 날개문[翊門]이 있으며, 문안에는 전각이 겹겹이 서 있는데 출입이 금지되어 들어갈 수 없었다. 지진 때문에 여러 전각이 많이 허물어져 있었는데, 미처 수리하지 못해 그런 것이다.

숭정전 동쪽에 있는 겹처마처마 끝의 서까래 위에 짧은 서까래를 잇대어 달아낸 처마의 팔각정은 이름을 대정전大政殿이라 했다. 대정전의 앞뜰이 사방 백여 보쯤 되었으며, 남쪽에는 붉은 나무 울타리를

설치했는데, 바로 황제가 조회 보는 곳이었다.

신우궁神祐宮이 태청문의 동쪽에 있는데, 삼청三清:태조·태종·세조의 소상塑像:진흙으로 만든 조각상을 모셔 놓았다. 편액에 '소격'昭格이라고 썼는데 이는 강희제康熙帝의 친필이고, '옥허진제'玉虛眞帝란 것은 옹정제雍正帝의 친필이다.

_ 홍대용, 「연로기략」(沿路記略), 『담헌연기』, 1765년

심양에 들어가다

(한양을 떠난 지 한 달 만에) 심양 토성 밖에 이르렀다. 세 사신은 가마에서 내려 말을 탔다. 토성에 들어가서 2리쯤 가니 내성內城이 나왔다. 성의 높이는 네 길이 넘고 웅장한 문루는 높다랗게 하늘에 솟아 있어 수십 리 밖에서도 볼 수 있다.

성문 밖에 옹성이 있고, 옹성 좌우에 문이 있는데, 문을 보니 철판을 입혔다. 문밖의 해자垓字:성 둘레로 판 못 위로 돌다리가 놓여 있다. 이 다리를 건너서 중문을 두 번 지나야만 비로소 성안에 들어갈 수 있다. 토성에 들어서니, 점포들이 시가의 좌우로 즐비하다. 성안은 요동遼東보다 열 배나 번성하였다.

성에 들어가 수백 보를 걸어 동쪽의 작은 골목으로 들어가니, 밀원密院:사신단 숙소이 있었다. 동서로 행랑채가 있는데 뜰은 좁고

나지막하였다. 역관들의 말을 들으니, 중국 측 역관 김사걸金四傑의 어머니가 이 집에 살면서 항상 말하였다고 한다.

"이 집은 정축년1637(인조 15) 후로 조선의 볼모[人質]들이 거처하던 집이며, 소현세자께서 계시던 곳은 지금의 관아다."

증조할아버님김상헌께서 잡혀 계셨던 곳은 북관北館인데 지금은 아는 자가 없다.

심양은 성경으로도 불린다. 호부·예부·병부·형부·공부의 다섯 부서를 두고 각각 시랑侍郞 1인, 낭중郞中 2인을 두었다. 또 장군 1인을 두어 관외의 군병을 모두 관리한다.

_ 김창업, 『연행일기』, 1712년 12월 6일

청 태종의 금나라 전통 수호 선언

심양은 옛날 읍루挹婁의 땅으로 우공禹貢의 청주靑州 구역이다. 양한兩漢 때에는 요동군에 속하였고, 당나라 때에는 안동도호安東都護에 속하였다. 요나라, 금나라에 와서는 비로소 요양에 동경東京을 세우고 심주소덕군瀋州昭德軍을 두었다. 원나라에서는 심양로瀋陽路라고 불렀고 명나라에서는 심양위瀋陽衛를 두었으며, 청나라에서는 청 태조 10년1625에 요양에서 수도를 여기로 옮기고 성경으로 승격시켰다. 청 태종 5년1631에 벽돌로 성을 쌓았다.

청 세조 원년1644에 연경에 수도를 정하고, 성경을 옛 도읍으로 보존했다.

심양성 안 동남쪽에 조선관朝鮮館이 있다. 여기는 우리 효종孝宗 임금의 공관이자, 현종顯宗께서 태어나신 곳이다.

문묘 앞에 있는 비석에는 이러한 내용이 있다.

"청 태종 원년1636에 태종이 제왕諸王과 패륵貝勒: 청나라 때 만주인 종실과 몽고의 외번들에게 봉해진 작위 중 하나과 대신들에게 다음과 같이 말하였다.

'옛날 금나라 세종世宗이 열심히 그들의 조상을 본받고자 한 것은 자손이 한漢나라의 풍속에 젖어 들까 두려워하였기 때문이다. 그래서 미리 금지조약을 만들어 조상을 잊지 말 것을 교훈으로 삼았다. 의복, 언어는 모두 옛 제도를 따르고 때때로 말 타고 활 쏘는 일을 연습하여 언제라도 전쟁에 나설 수 있게 하였다.

앞서 기극己克과 습달해什達海, 그리고 고이선루庫爾禪屢 같은 유신儒臣들이 짐에게 만주의 의관을 고치고 한인漢人의 복식제도를 본받으라고 권하였으나, 짐은 이를 따르지 않았다. 의관을 바꾸지 않는 것은 실로 자손만세를 위한 계책인데, 짐이 어찌 변경할 수 있겠는가? 훗날 자손들이 옛 제도를 잊어 말 타고 활쏘기를 폐지하고 한인의 풍속을 본받을까 항상 간절하게 염려한다. 너희들은 삼가 짐의 뜻을 명심하라.'

건륭제는 1752년 청 실록을 읽고 태종의 이 가르침을 와비臥碑에 새겨, 여러 자손과 신하들이 영원토록 지키기 바랐다.

실승사實勝寺는 외양문外攘門 담장 밖에 있다. 1641년 청 태종이 적은 군사로 명나라 총독 홍승주洪承疇의 군사 13만 명을 송산松山과 행산杏山에서 무찔렀다. 그리고 돌아와서 이 절을 세워 공적을 기록하였다 한다.

외양문 밖에서 서관문西關門 안까지는 모두 다 시장과 점포이다. 이곳은 삼학사三學士인 홍익한洪翼漢, 윤집尹集, 오달제吳達濟가 정축년에 의義를 지키다 목숨을 잃은 곳이다. 수레를 타고 고개를 숙이며 지나가니, 엄숙히 공경하는 마음이 일어난다. 명나라 충신 석재石齋 황도주黃道周가 다음과 같은 시를 지었다.

강상은 만고에 떳떳하고	綱常萬古
절의는 천추에 빛난다	節義千秋
하늘과 땅이 나를 알아 주니	天地知我
온 나라 사람들 근심이 없구나	家人無憂

삼학사가 바로 이 시와 같은 사람이다. 사람들이 삼학사 사건이 일어나던 때의 일들을 말하기 꺼려하여 그들의 자취가 거의 남아 있지 않다. 이에 정림亭林 고염무顧炎武나 용촌榕村 이광지李

光地 등 청나라 초기 문인학자들은 평소 절의를 중시하고 높이기를 좋아함에도 삼학사의 일에 대해서는 언급하지 않았다. 슬픈 일이다.

_ 서호수, 『연행기』, 1790년 6월 28일

심양 하루에 다 둘러보기: 심양관, 심양패루, 심양 시장들

심양에 이르렀다. 토성 안에서부터 시장이 이미 번성했는데, 성에 들어설수록 즐비하니 요양에 견주어 열 배는 되었다.

남쪽으로 들어가 수십 걸음 가자 동편에 곧 찰원察院 : 큰 도시에 마련된 사행 숙소이 있었고, 사행 일행이 이미 다 들어가 있었다. 어떤 이가 말하였다.

"여기가 정축년 후에 우리나라의 볼모가 머물던 곳입니다."

그러나 증명할 수 있는 것은 아니었다.

증조할아버님이경예(李敬輿)과 청음淸陰 : 김상헌 어른께서 억류되어 계시던 곳은 성의 북쪽에 있다고 했지만, 이 또한 알 수 없는 일이다.

이곳에 도착하면 갑군甲軍 : 청 하급 군사을 교체하고 방물方物을 삯수레[雇車]에 실으며, 일행들은 서울로 보내는 편지를 작성한다. 또한 매매가 많이 이루어져 청인들이 물건을 가지고 와서 어수선하게 출입한다.

한편에서는 마패·장경麻貝·章京 : 마패(麻貝) 혹은 장경(章京)은 영송관(迎送官) 역할을 하는 봉성(鳳城) 기하(旗下)의 병직(兵職)·갑군 등이 역관과 함께 면폐面幣 : 예물, 뇌물의 뜻으로도 쓰임의 많고 적음을 두고 다툰다. 다른 한편에서는 말을 세내어 일행의 병든 말을 대체하느라 떠들어 대서 견딜 수가 없었다.

이에 수역首譯에게 말하여 갑군 한 명을 얻고 양낭청梁郎廳, 이언지李彦之 형과 함께 다니면서 시장을 두루 둘러보았다.

큰 길 동편에 커다란 문이 있었고 안장을 갖춘 말들이 열 지어 늘어서 있었는데, 여기는 관아의 문으로 심양 좌이관佐貳官 : 지역장관 보좌관. 정 8품 정 9품 벼슬이 있는 곳이었다.

큰 길 서편에는 청색과 황색의 기와집들이 매우 많았는데 그곳이 궁궐이었고, 그 옆이 심양 장군瀋陽將軍이 머무는 곳이었다. 그 앞에 큰 패루牌樓가 하나 서 있었는데 매우 높았다. 큰 길의 북쪽에는 영성문欞星門 : 궁실, 천단(天壇) 등 제사 지내는 건물이나 단묘(壇廟)와 능침(陵寢) 등에 세운 문처럼 생긴 붉게 칠한 목책이 있었고, 수백 걸음을 가자 그 안에는 청색과 황색 기와로 된 3층짜리 팔각전이 있었다.

넓은 뜰 좌우로 여러 칸 되는 집들이 줄지어 있었는데, 그 수가 매우 많았다. 이곳은 곧 칸[汗]이 여러 장수들과 회의를 하는 곳이었다. 들어가 볼 수 있는지 묻자, 주위에 있는 청인들이 모두 볼 수 없다고 말했다.

이에 방향을 돌려 패루를 지나 서쪽으로 갔는데, 청인들이 모두 말에서 내리라고 해서 말에서 내려 몇 걸음을 가다가 다시 말에 올라 궁궐 담장을 돌아 서쪽으로 갔다.

시장을 두루 보니, 온갖 물건들이 쌓여 있는 것이 이루 다 셀 수 없을 정도였다. 여러 사람들과 함께 거리를 걸어가다가 볼 만한 것이 있으면 바로 가게에 들어가 취해서 보았다. 서책을 파는 한 점포에 들어가 보았는데, 서책은 종류별로 모두 갖추었으나 판본이 좋지 않아 살 만한 것은 없었다.

인가와 서포書舖 : 책 가게의 책 태반이 사서四書의 주해註解·체주體註·정의正義 등의 제목이었고, 책도 매우 많았다. 아마도 지금 과거시험장의 글이 모두 사서를 쓰기 때문일 것이다.

가는 곳마다 청인들이 에워싸고 모여서 구경하기에 괴로워서 감당할 수가 없었다.

돌아올 때 남쪽 성에 올라가려고 했으나 문루 위에서 지키는 군인이 올라가는 것을 허락하지 않았다. 이곳의 성은 모두 안팎으로 벽 위에 올라갈 수 있는 계단이 있는데, 계단마다 반드시 작은 문을 만들어 잠가 놓았다. 면피面皮 : 인정(人情)으로 관리에게 주는 예물과 같은 것를 주려고 해도 끝내 열어 주지 않아서 숙소인 찰원으로 돌아왔다.

동지사행은 이곳에 이르면 으레 세폐歲幣를 심양성에 바치기에 하루를 머문다. 하지만 이번 사행은 세폐가 없기에 다만 방물을 삯수레에 실었고, 말 관리인들과 인부는 모두 돌아가게 되어서 그 인마人馬로 일행의 병든 인마를 대체했다고 한다.

_ 이기지, 『일암연기』, 1720년 8월 27일

3-2. 번화한 심양, 그러나 지식이 얕은 사람들

아버지께서 갑군甲軍 : 청나라 하급 군관인 오성吳成의 집에 도착하시니 해가 저물기 전이었다.

우리들이 밖에서 쉬고 있으니 집 주인 오성이 나타났는데 나이가 70세 남짓이나 되었다. 그릇에 산리홍산사나무 열매의 일종을 담아 왔기에 아버지께 올리고, 남은 것은 여러 사람들과 나누어 먹었다. 그 답례로 전약煎藥 : 동짓날 먹는 음식. 일종의 젤리, 곶감, 다식 등을 주었더니 하나하나 맛보고 맛이 좋다며 고마워했다.

집 주인 오성의 두 아들과 열 명의 손자가 한꺼번에 와서 인사를 했다.

내가 물었다.

"무슨 일을 하는가?"

그 가운데에 한 명의 소년이 답하였다.

"글공부를 합니다."

"무슨 책을 읽고 있는가?"

"『맹자』의 「고자편」告子篇을 공부합니다."

그에게 한번 읽어 보라 하니 잘 읽었다. 하지만 뜻을 물으니 모두 틀리게 대답하여서 그 형이 옆에서 대신 대답을 해주었다. 이어서 내가 물었다.

"이곳에는 글을 잘 짓는 수재秀才: 과거 응시생가 있는가?"

"우리 선생님께서 문장을 잘하십니다."

"내가 만나 볼 수 있겠는가?"

"어렵지 않습니다."

그 아이가 곧바로 나가 선생님을 모시고 왔기에 서로 읍揖을 하고 앉았다.

먼저 그의 성을 묻자, 소蘇 자 한 글자를 써서 보이기에 내가 말하였다.

"한漢나라 때 전속국典屬國 벼슬을 지낸 소무蘇武와 송宋나라의 미산眉山 사람인 소식蘇軾이 그대와 같은 성씨인가?"

소씨는 두리번거리기만 할 뿐 대답을 못 했다.

또 물었다.

"무슨 글을 읽었는가?"

"사서오경四書五經은 다 읽었습니다."

"사서는 무엇이고, 오경은 무엇인가?"

소씨가 책 이름을 틀리지 않고 죽 읊었다. 또 내가 물었다.

“『주역』과 『서경』, 『춘추』를 전한 사람은 누구인가?”

그러자 『주역』을 전한 이를 빼고는 모두 잘못 대답하기에 내가 전부 일일이 써 주자 그는 제법 화난 기색이 되었다. 내가 물었다.

“『대학』은 누가 지은 것인가?”

“경經 1장은 공자가 지은 것이고 전傳 10장은 공자의 제자가 지은 것입니다.”

“그대는 장구章句를 보지 않았구나. 이른바 경 1장은 공자의 뜻으로 증자가 지으시고, 전 10장은 증자의 뜻으로 문인이 기록한 것이다.”

소씨가 이에 안색이 달라지도록 성을 내며 말하였다.

“그렇지 않소, 그렇지 않소. 모두 공자가 지은 것이었으니 증자가 무슨 관계가 있겠소?”

내가 대답했다.

“당신이 공부했다고 말한 것은 옛사람들이 남긴 찌꺼기일 뿐이다. 돌아가 주자의 말을 상고해 보면 나의 말이 헛소리가 아님을 알게 될 것이다.”

소씨가 더욱 화를 내고는 일어나 가 버렸다.

그러고는 쪽지 하나를 보내왔다.

그 내용은 대체로 자기의 박식함을 자랑하며 나의 지식을 고루하다고 조롱한 것이었다. 끝부분에는 이렇게 써 있었다.

'그대는 지식이 많다고 자랑했다. 그렇다면 요임금의 아들 아홉 명 중 그 첫째 이름은 단주丹朱인데 나머지 여덟 명의 이름은 무엇인가? 그 이름을 써서 보여 달라. 그러면 나 역시 별 말 하지 않겠다.'

같이 간 반당 오덕겸吳德謙이 그것을 보고 밖에서 찢어 버리고 그의 무례함을 꾸짖었다고 하니 참으로 우스운 일이다.

_ 이의봉, 『북원록』, 1760년 12월 7일

3-3. 원근법으로 바라본 북경

북경 스케치

연경은 북으로 거용산居庸山이 70리나 떨어져 있다. 서쪽 40리 밖에 옥천산玉泉山, 만수산萬壽山 등이 있으며 동남으로는 탁 트여 바다에 이어져 있다. 이래서 사방으로 평평하게 트여 산언덕 하나 막힌 데가 없다.

북경성의 안팎에 살고 있는 가구 수는 대략 만 호戶가 된다. 성안은 궁궐과 관청·사찰·사당들이 절반을 차지한다. 사패루四牌樓가 있는 시가지 위의 거리들이 가장 성대하고 번화하나, 그래도 조양문朝陽門 밖의 성대함에는 미치지 못한다. 외성外城의 영정문永定門·천지단天地壇 아래는 황량하여 채소밭만 있었다. 조양문 밖은 길거리에 사람들이 구름같이 모여 거의 걸어 다닐 수 없을 지경이다.

성안의 크고 작은 거리에는 모두 초소[軍鋪]가 있는데, 갑군들이 활과 칼을 들고 지키고 있다. 밤이 되면 등불을 달고 딱딱이를 쳐 성 위를 지키는 갑군들과 서로 연락을 취한다.

관館에 머무른 기간은 62일이지만, 돌아다니며 구경한 것은 33일이었다.

_ 홍대용, 「경성기략」(京城記略), 『담헌연기』, 1765년

가까이서 살핀 북경의 혈관: 호동

큰 길 좌우에 있는 좁고 비탈진 길을 통칭하여 호동衚衕 : 후통이라고 한다.

큰 길의 너비는 80~90보이며, 가장 좁은 호동도 수레 두 대가 나란히 지날 만하다고 한다. 그 길이 작지만 구불구불하지 않으며, 막힌 곳도 없었다. 길마다 이어져 서로 통하게 되어 있으니 마치 '우물 정井' 자의 획과 같으며, 베틀 위의 실들 같았다.

성의 동쪽에서 출발하면 성의 서쪽에 닿을 수 있는데 굽거나 꺾인 곳이 없었다. 대로변의 호동 입구에는 모두 세살[欞星]로 된 책문이 설치되어 있으며, 문 위에는 철로 된 창날을 세워 놓았는데 이를 이한里閈 : 동네 어귀에 세우는 문이라고 한다. 밤에는 이것을 닫아 두기 때문에, 밤에 다니는 사람을 금하지 않아도 능히 다니

지 못했다.

큰 길과 호동 좌우에는 모두 길게 도랑이 파여 있는데 벽돌로 쌓고 돌 혹은 판자로 덮어 두었다. 온 성의 흐르는 물이 이 도랑의 밑을 따라 성의 해자로 들어가는 까닭에 길은 항상 깨끗하게 말라 있어 냄새가 나지 않았다.

_ 이기지, 『일암연기』, 1720년 9월 18일

3-4. 조선 사신 숙소 변천사

생각보다 초라한 북경의 숙소: 쇠락한 옥하관

맑다. 바람이 몹시 불고 날씨가 추웠다. 통주에서 출발하여 22리를 가서 팔리포八里舖에 이르러 아침을 먹고 또 8리를 가서 북경에 닿았다.

북경의 풍속에 12월 26, 27일에는 통주에 있는 조상 무덤에 간다. 오늘은 마침 바람이 많이 불어서 오는 자가 많지 않았지만, 전에는 수레와 말들이 길을 메웠다고 한다.

대왕장大王莊, 태평장太平莊, 홍문紅門, 십리보十里堡를 지나 팔리장八里莊에 이르렀다. 이곳은 북경과 8리가 떨어진 곳으로, 전에는 사행들이 아침을 먹던 곳이다. 오늘은 바람이 몹시 불어 먼지가 날려 눈을 뜰 수 없었으며 지나는 곳마다 인가가 모두 문을 닫고 있었다.

말몰이꾼 덕세와 귀동이는 뒤에 처졌다가 길을 잃어, 우리가 막 떠나려 할 때 관에 도착하여 아침을 먹었다. 들으니, 부사와 서장관도 모두 길을 잘못 들었다가 다시 찾아 나왔노라고 했다. 양가관을 지나면서부터 길이 서너 갈래로 갈라져 혼란되기 쉽기 때문에, 여러 번 다닌 사람도 가끔 길을 잘못 든다고 한다.

팔리포에서 6리쯤 가니 큰 돌다리가 있는데 신교新橋라고 했다. 세 개 대로가 이곳에서 모이는데, 우리가 온 길은 그 가운데 길이다. 여기서부터 저자가 잇달아 있고 수레와 말이 붐볐다.

신교를 지나 1리쯤 가니, 미륵원彌勒院이 나왔다. 전에는 늘 사신들이 동악묘東嶽廟에 들어가 옷을 갈아입고 입성했었는데, 요즈음 와서 금지되었기 때문에 이 미륵원으로 들어왔다.

선배들의 기록을 보면, 묘 뜰에 소나무와 잣나무가 많다고 했는데, 지금은 한 그루도 없으니 아마도 화재를 입었던 모양이다. 안뜰과 바깥뜰에 새로 심은 나무가 있었지만 키가 두세 척밖에 되지 않았다. 바깥문에서 옥황문玉皇門까지의 거리가 이백사오십 보며 안팎 사당 건물과 그 양 옆 행랑이 모두 이백 수십 칸이 되었다. 행랑채 바깥 주변에 있는 작은 집들은 모두 도교 신자들이 사는 집들이며, 겹겹이 들어선 부속 건물들은 이루 다 셀 수가 없었다.

처음 이곳에 오기 전 역관들의 말로는 묘지기에게 뇌물을 써야 비로소 들어갈 수 있다고 했는데, 막상 와 보니 아무도 가로막는 자가 없었다. 오히려 청인이 밖에서 따라 들어와 나를 인도해서 친절하게 안팎을 두루 구경시켜 주었다. 역관들의 말은 이렇게도 믿을 수가 없는 것이다. 나는 둥근 부채[唐扇] 하나를 그에게 사례로 주었다.

이때 세 사신이 관복[冠帶]를 갖추고 말에 올라 차례로 나아갔다. 나는 군복 차림으로 서장관의 뒤를 따랐으며, 군관과 역관들은 내 뒤에 섰다.

1리쯤 가서 조양문朝陽門에 들어갔다. 조양문은 곧 북경성의 동문이다. 문루는 세 겹 처마로 되어 있고 모두 푸른 기와로 덮여 있다. 전에 듣기로는, 사행이 성문에 도착하면 늘 수레와 말에 막혀서 한나절이 지나야 비로소 들어갈 수 있었다고 하는데, 이번에는 도리어 그렇지가 않았다. 공물을 바치는 장사치와 연말연시를 보내려고 입경하는 사람들이 12월 26일 전에 모두 들어갔기 때문인 듯하다.

성안의 큰길은 너비가 칠팔십 보로, 우리나라의 종로 거리에 비해 겨우 3분의 1쯤 더 넓은 셈이다. 좌우의 가게들 역시 별로 화려하지 않았다. 성문에 들어가 3리쯤 가니, 네거리가 있고 동서남북에 모두 패루가 있으니 곧 사패루四牌樓이다. 패루 옆에는 '이인가'履仁街라고 쓰여 있었다. 동패루로 들어가서 남패루로 나와 2~3리쯤 가자 성문이 눈에 들어왔으니, 바로 '숭문문'崇文門으로 도성의 동남문이다.

옥하교를 지나 수백 보를 가면 옥하관玉河館에 이른다. 관은 길가 북쪽에 있었다. 중국 측 역관들이 대문 안에 있다가 거수례擧手禮로 사신을 맞이했다. 이곳을 지나 중문으로 들어가니 문안에 동서로 낭옥廊屋 : 복도형으로 긴 집이 있는데 다 허물어져 있었다. 우리나라 역관들이 거처하는 곳이다.

또 작은 문 하나를 열고 들어가니 비로소 정당正堂과 좌우 행랑채가 나왔는데, 집안이 온통 황량하고 먼지가 가득했다. 저녁이 되어도 바람은 그치지 않고 날씨는 몹시 찬데, 일행이 몸 붙일 곳이 없으니 스산한 아픔을 알 수 있었다. 형님은 정당의 동편 방으로 들었다. 방은 남북으로 두 개의 캉炕: 중국 북방 지대의 살림집에 놓는 방의 구들이 있어 형님은 남쪽, 나는 북쪽 캉으로 들었는데 창에는 종이가 한 조각도 남아 있지 않았다. 바깥을 종이 푸대와 수수깡으로 가렸다가 다시 종이를 붙여 놓았다. 풀이 얼어서 붙지 않는 데다 바람이 불어서 붙이면 떨어지므로 가까스로 미봉하여 간신히 밤을 지냈다.

_ 김창업, 『연행일기』, 1712년 12월 26일

임시 숙소, 법화사

갑작스레 통관通官 : 중국 측 역관 한 사람이 나와서 말했다.

"사패루 근처의 법화사法華寺로 들어가십시오."

삼사신이 모두 사모紗帽를 쓰고 흑단령黑團領을 갖춰 입었으며, 일행 역관들은 백립白笠 : 흰 베로 싼 갓과 베옷을 벗고 검푸른 옷을 입었다. 군관 또한 평상시의 군복으로 옷을 바꿔 입었다. 자제군관인 나는 다만 흑립黑笠만 쓰고 돌빛 나는 면포로 만든 도포를 입었다.

삼사신이 모두 말을 타고 차례대로 나갔다. 이날 길가에는 먼지와 티끌이 감당할 수 없을 정도로 많았다. 내가 가장 뒤에서 따라가니 길 위에 수레와 말이 나란히 달린 뒤쪽으로 먼지가 내게로 몰려들어 더욱 가기가 힘이 들었었는데, 문에 가까울수록 더욱 심해졌다.

서쪽을 향해 가다 보니, 길가 좌우에 물통이 늘어서 있는데 길에 물을 뿌려서 먼지를 적셔 주는 것이다. 좌우에 상점들이 번성하였으나 연경도 도리어 통주에는 미치지 못하였다. 성으로부터 2~3리쯤 가니 십자로 사방에 패루 네 개가 서 있다. 이것이 이른바 사패루라는 것이다. 동쪽 패루에 '이인가' 세 글자가 적혀 있다. 사패루로부터 남쪽으로 방향을 바꾸어서 숭문문 길로 갔다. 수백 보쯤 가다가 서쪽으로 방향을 바꿔서 호동으로 들어가니 곧 법화사였다.

_ 이기지, 『일암연기』, 1720년 9월 18일

조선 사신관이 옮겨진 사연: 건어호동, 남관

조양문부터 길가에 삿자리로 덮은 집들이 연이어졌다. 집마다 세화歲畵: 새해를 축하하며 임금이 신하에게 내려 주는 그림가 시렁에 가득하였는데 장사치에게 팔려는 것이다.

늙은이와 젊은이, 아이들이 함께 길을 뒤따라 오며 조선 사신들의 차림새를 보고 손가락질하며 웃는 이도 있었고 아름답다고 감탄하는 이도 있었다. 철릭[貼裏]: 조선 시대 무관이 입던 관복을 입은 자를 가리키며 '이는 문관이다'라고 하거나 군복 입은 이를 가리켜 '이는 무관이다'라며 끊임없이 떠들어 댔다.

일부러 말을 타고 앞으로 스쳐 지나가는 자도 있고, 비켜서라 해도 피하지 않는 이도 있는가 하면 길을 막아서고는 움직이지 않는 자도 있었다. 꾸짖으면 되레 욕을 하며 막대로 물리치는 자도 있었다. 끊임없이 '까오리'고려를 불러 대니 매우 괴로웠다.

다리를 건너 여기서부터 또 꺾어 남으로 100여 보를 가서 남관에 이르니 이곳은 정양문正陽門 안 동북쪽이었다. 우리나라 사신이 예전에는 옥하관에 머물렀으나 수십 년 전 대비달자大鼻㺚子: 러시아 사람에게 빼앗긴 후 건어호동乾魚衚衕으로 옮겨 갔다. 그때 인마가 많이 죽어서 남관南館을 새로 지은 사연을 역관들이 말해 주었다.

"우리나라 이름이 조선朝鮮인데 이 골목의 이름에 '생선生鮮을 말린다'[乾魚]라는 뜻이 있기에 조선 사신의 인마가 많이 죽었다며 예부에 글을 올렸습니다. 그래서 몇 년 전에 새롭게 관을 지어 주고 이를 '남관'이라 하였습니다. 다른 숙소로 북관北館이 있는데 성절사와 사은사가 일시에 오게 되면 나누어 거처합니다."

남관의 건물은 세 겹으로 되어 있는데 다 '일'一 자 모양으로 굴곡이 없이 죽 이어진 모습이었다. 마주한 문들을 차례로 열면 막힘없이 한눈에 보였다. 송 태조가 '겹겹이 닫힌 문을 열어 마음을 보인다'고 했으니, 바로 이 모습이리라.

_ 이의봉, 『북원록』, 1760년 12월 28일

3-5. 북경의 핫플레이스 ① 자금성

궁장 안을 자금성紫金城이라고 하는데 곧 궁성을 말한다.

둘레가 6~7리, 높이가 4~5장이 된다. 성가퀴는 옛 법대로 철자凸字 형으로 되어 있는데, 정밀하고 곱기는 경성京城: 한양의 배나 된다. 남쪽을 오문午門 혹은 오봉문五鳳門이라 하는데 2층 처마에 문이 다섯이다. 왼쪽을 좌액문左掖門, 오른쪽을 우액문右掖門, 동쪽을 동화문東華門, 서쪽을 서화문西華門, 북쪽을 신무문神武門이라고 한다.

성 주위는 해자로 둘려 있는데 해자 너비가 수십 보나 된다. 양쪽 석축이 여간 여물고 웅장한 것이 아니다. 동화문과 서화문에서 시작해서 호를 등지고 성을 향해 행각行閣을 만들었는데 성을 따라 북으로 신무문까지 다다른다. 모든 행각은 서남쪽에서 실어 들여오는 미곡들을 저장해 두고 있다. 사행이 5일마다 타게 되는 급료도 다 여기서 받아 오는 것이다. 양쪽으로 있는 행각을 합치면 3~4리는 될 테니 넣어 둔 곡식이 몇 천만 포대가 될지 알 수 없다. 배는 언제나 통하通河로부터 갑문을 열고 올라와서 옥하교를 지나 금호禁濠로 들어와 행각 밑에 대게 된다.

중국의 재물과 곡식이 얼마나 많으며, 재주와 지혜들이 얼마나 놀라운가 하는 것을 이것으로도 어느 정도 짐작할 수가 있다.

_ 홍대용, 「경성제」(京城制), 『담헌연기』, 1765년

3-6. 북경의 핫플레이스 ② 유리창: 서적, 골동품, 사람-책을 만난 곳

유리창 스케치: 서적, 골동품의 보고

유리창琉璃廠은 유리 기와와 벽돌을 만드는 공장이다.

모든 푸르고 누른 잡색 기와며 벽돌들이 유리처럼 번쩍거리므로, 나라에서 쓰는 각색 기와나 벽돌들은 모두 유리라는 이름을 붙이게 되고, 그것을 만드는 집을 창廠이라 부른다.

유리창은 정양문 밖 서남 5리 지점에 있는데, 창에 가까운 길 좌우는 시장점포로 되어 있다. 동서로 여문閭門: 마을 입구 문을 세우고 유리창이란 편액을 붙여 두었기 때문에 그것이 시장 이름으로 되어 버렸다 한다.

시중에는 서적과 비판碑版, 기록이 새겨진 정이鼎彝: 고대 종묘의 제기·골동품 등 모든 기완器玩: 골동품 잡물들이 많다.

장사를 하는 사람들 중에는 과거를 보고 벼슬을 얻기 위해 온 남방의 수재들이 많기 때문에, 이곳에 있는 사람 중에는 가끔 명사들이 끼어 있다.

시장의 전체 길이는 5리쯤 된다. 비록 누각과 난간의 호화나 사치는 다른 시장만 못하지만, 보배스럽고 괴상하고 기이하고 교묘한 물건들이 넘쳐흐르게 쌓인 채 벌여져 있고, 시장의 위치 또한 예스러웠다. 길을 따라 서서히 걸어가면 마치 페르시아[波斯]의 보물 시장에 들어간 것처럼 그저 황홀하고 찬란하였다. 그래서 종일 다녀야 물건 하나 제대로 감상할 수 없었다.

책가게는 일곱 개가 있다. 3면의 벽으로 돌아가며 수십 층의 시렁을 달아매고 상하로 부서별 표시를 해서 질서정연하게 진열을 해두었는데 각 권마다 표지가 붙어 있다. 한 점포 안의 책만도 수만 권이나 되어 고개를 들고 한참 있으면 책 이름을 다 보기도 전에 눈이 먼저 핑 돌아 침침해진다.

_ 홍대용, 「유리창」(琉璃廠), 『담헌연기』, 1765년

책의 파노라마, 유리창의 책방

유리창에 왔다. 물건들이 많고도 화려하여 다른 곳에 비길 데가 없다. 또 기기괴괴하여서 이름을 모르는 것들이 몇 만 종이나 되

는지 알 수 없다.

길에 한 청인 어린아이가 청색 유리로 만든 작은 나각螺角: 소라 껍데기로 만든 악기을 부니 소리가 났는데 이는 장난감이었다. 또 한 상점의 처마 사이를 지나는데 처마 아래 화상畫像 두어 본本을 붙였으니 이는 화상포畫像鋪였다.

또 100여 보를 가서 한 대문으로 들어가 서포書鋪에 앉아서 종 혜문惠文을 보내 안남관을 찾으라 하였다. 서포에는 방이 세 개가 있었는데 각 방마다 층층이 시렁을 매고 책을 들보에 닿을 만큼 쌓아 놓았다. 매 질마다 종이 찌로 책이름을 써 붙였는데 매우 정돈되어 들쭉날쭉한 것 없이 가지런하였다. 경전, 자집子集, 제자백가가 모두 갖춰져 있었다. 경전이 그 가운데 가장 많았고 그다음은 팔고문八股文: 중국 명나라 초기부터 청나라 말기까지 과거 답안에 쓰이던 문체. 여덟 개의 짝으로 이루어진 한시의 문체이요, 소설이 그다음이었다. 종이 찌를 낱낱이 다 보고 또 그 두번째 서포에 가서 첫번째 서포에서처럼 하였다.

_ 이의봉, 『북원록』, 1760년 12월 31일

만남의 장소, 유리창

2월 1일 비장裨將 이기성李基成이 원시경遠視鏡: 돋보기을 사기 위해 유리창에 갔다가 두 사람엄성(嚴誠)과 반정균(潘庭筠)을 만났다. 용모가 단정하고 깔끔하여 문인의 기품이 있고 모두 안경을 끼었는데 아마 근시近視에 걸린 모양이었다. 이기성이 부탁하였다.

"내가 친히 아는 사람이 있어 안경을 구하는데, 거리에서 진품을 구하기가 어렵습니다. 족하足下: 또래 사이에서, 상대편을 높여 이르는 말가 낀 것이 심히 병든 눈에 맞을 것 같습니다. 그것을 나에게 팔더라도 족하는 여벌이 있을 수도 있고, 없다 해도 새로 구하기가 어렵지 않을 것입니다."

그 한 사람이 벗어 주면서 말하였다.

"그대에게 구하는 자는 생각건대 나와 같은 병 걸린 자이리라. 내 어찌 안경 하나를 아끼겠는가? 팔라고 하는 것이 무슨 말인가?"

그러고는 옷을 떨치며 갔다. 기성이 자기가 경솔했음을 뉘우치고 공연히 남의 물건을 가질 수 없다 하여, 이에 안경을 가지고 뒤쫓아 가서 돌려주며 말했다.

"아까 한 말은 희롱일 뿐이고 본래 구하려는 자가 없으니 쓸데없는 물건을 받을 수 없습니다."

두 사람이 모두 기뻐하지 않으며 말하였다.

"이는 하찮은 것이고, 또 동병상련의 뜻이 있는데 어찌 그대가 이리 좀스럽게 구는가?"

기성이 부끄러워 다시 말하지 못하고, 그들의 내력을 물었다. 절강浙江의 거인擧人 : 과거 응시생으로 과거에 응시하기 위하여 와서 방금 정양문 밖인 건정동乾淨衕에 하숙하고 있다는 것이다.

어느 날 저녁에 기성이 안경을 가지고 와서 그 사연을 말하고, 화전花箋 : 꽃무늬 종이을 나에게 달라 하여 장차 보답하기로 하였다. 기성은 또 말하였다.

"그 두 사람이 모두 풍치가 있고 우아하여 좋아할 만하니 모름지기 한번 가서 찾아보라."

_ 홍대용, '건정동필담'(乾淨衕筆談), 「항전척독」(杭傳尺牘), 『담헌서』(湛軒書) 외집 2권, 1765년

유리창 서사에서 찾은 희귀본

북경 남관에 머물렀다.

내가 들으니, 무영전武英殿 : 건륭(乾隆) 연간(1736~1796) 각서처(刻書處)가 설치된 궁궐에서 『황청개국방략』皇淸開國方略 : 청 건륭제의 명에 의해 1774년부터 편찬된 역사서. 1583년 태조 노이합적(努爾哈赤, 누르하치)의 거병부터 시작하여 1644년 태조 입관까지를 다루고 있음을 새로 간행하였는데, 병자·정축 연간의 사실병자호란 때의 일이 자세히 실려 있다고 한다. 꼭 구입하고 싶었으나, 엄밀히도 숨겨 놓아 어찌할 수가 없다.

박제가朴齊家가 마침 유리창 서사書肆에 갔다가 장정하지 않은 한 질이 책공冊工에게 있는 것을 보고 두어 줄을 베껴 왔는데, 삼학사가 의義를 지킨 이야기였다.

_ 서호수, 『연행기』, 1790년 9월 3일

3-7. 북경의 핫플레이스 ③ 천주당: 천하기관

천주당에 대한 인상

제일가는 기관奇觀은 계문연수薊門烟樹, 서양의 풍악風樂과 원경遠鏡, 천주당天主堂의 그림, 원명원圓明苑의 궁실이다.

그다음 가는 것으로는 서양의 방여도方輿圖: 세계지도, 태액지太液池의 오룡정五龍亭, 옹화궁雍和宮의 전대轉臺, 정양문 밖 시장, 영원위 조씨패루祖氏牌樓, 송가장宋家庄의 적루敵樓, 홍인사弘仁寺의 만불萬佛이 있다.

_ 이의봉, 「왕래총록」(往來總錄), 『북원록』, 1760년

1720년 9월의 북천주당 (1): 천주당 주변의 기물

식사 후에 박태중朴泰重과 함께 물을 길러 나갔다. 김두익金斗益,

개천開天, 수현守賢도 따라왔다.

금평위錦平尉 박필성朴弼成：효종의 사위이 연전前年：1717에 연경으로 사신 갔을 때, 조회에 참석하고 돌아오는 길에 천주당에 들러 성이 기紀인 서양 사람킬리안 슈툼프(Kilian Stumpf, 紀理安)을 만났었다. 기씨 또한 조선 사신 숙소인 옥하관으로 찾아와 보며 흡독석吸毒石：독을 빨아내는 돌을 주었고, 돌아온 후에도 서로 끊임없이 소식을 주고받았다.

박태중이 금평위를 따라 연경으로 간 적이 있어 그 사람을 알고 있었고, 이번 연행에서도 금평위가 보낸 물건을 기씨에게 전해야 해서 박태중과 함께 그 서양인을 만나고자 했던 것이다. 황제는 기씨를 빈객으로서 예우한다고 한다.

큰 길로 나와 궁궐 담장을 따라 남쪽으로 가다가 병부兵部 앞에 이르러 서쪽으로 꺾었고, 태청문의 남쪽에 있는 정양문 안에 이르러 다시 서쪽으로 꺾어 성을 따라 갔다. 성안에는 벽면이 깎아지른 듯 솟아 있어 오를 수 없었으며, 대략 3백 보마다 계단을 만들어 성가퀴 윗길로 통하게 했다. 계단 양 끝에는 문을 설치하여 잠가 놓았는데, 간혹 잠그지 않은 곳도 있었다.

북쪽으로 수십 보를 가서 다시 서쪽으로 꺾었는데, 천주당에 이르기 수백 보 전에 철종鐵鍾과 일영日影：해시계이 벌써 멀리 보였다.

천주당에 이르러 두 개의 중문으로 들어갔다. 집은 'ㅁ' 자 모양과 같았고 동서로는 기둥이 다섯 개, 남북으로는 기둥이 일곱 개였다. 앞면의 3층 누각은 모두 벽돌로 만들어졌으며, 높이는 6장丈이었다.

맨 아래층에는 다섯 개의 문이 설치되어 있었는데 문을 여니 벽으로 가려졌다. 가운데 층에는 다섯 개의 홍예문虹霓門 : 윗부분을 둥글게 만든 문이 그려져 있었는데 멀리서 보면 들어갈 수 있을 것만 같았다. 맨 위층의 가운데 세 칸에는 모두 둥그렇게 황금빛으로 아름다운 무늬를 조각한 창문[綺疏]을 만들어 놓았다.

동편에는 일영의 동그란 테를 만들어 놓았는데, 지름이 주척周尺 : 고려시대부터 우리나라에서 통용되던 자으로 5척쯤 되었다. 남쪽을 향하여 곧추세워 놓았으며, 한가운데에 해시계 말뚝[臬]이 박혀 있었다. 아래쪽에는 인寅부터 술戌까지, 아홉 개의 시간이 씌어 있었고 그 글자 위에 획을 그었다. 검은 막대는 몇 촌에 불과하였는데 마치 부챗살을 펼쳐 놓은 모양 같았다. 시각이 되면 막대의 그림자가 그때마다 획의 끝에 이르게 되는데, 지금은 바로 정오였다. 서편의 둥근 테 또한 동편과 같았다. 다만 돌아가며 12시간을 써 놓았고, 가운데에 있는 금 거북이 회전하면서 12시간을 가리켰다.

누각 안에는 기기가 설치되어 있었는데, 길이 십여 척 되는

쇠막대가 있다. 한쪽 끝은 톱니바퀴에 꽂혀 있으면서 철로 된 기기의 바퀴에 이어졌고, 또 다른 한쪽 끝은 금 거북에 이어져 있어서 안팎의 회전이 통했다. 그 위에는 종이 있었는데 시간에 따라 울렸다. 기기 아래에 세 개의 큰 바퀴가 있었는데, 모두 납으로 된 커다란 추가 드리워져 있었다. 자명종과 대체로 비슷했으나 톱니바퀴가 매우 많았다. 제작 방법이 기묘하여 거의 하늘의 솜씨를 훔친 듯했다.

북쪽의 정전은 높고 크며 깊숙했다. 한가운데의 가장 높은 벽 위에 천주상天主像이 그려져 있었는데, 한 사람이 붉은 옷을 입고 구름 가운데 서 있었다. 그 옆에는 여섯 사람이 구름 기운 속에서 출몰하고 있었는데, 어떤 이는 온몸을 다 드러냈고, 어떤 이는 몸을 반만 드러냈으며, 어떤 이는 구름을 헤치고 얼굴을 드러내기도 하였다. 또한 몸에 두 날개가 돋은 이도 있었는데, 얼굴 모양과 머리카락이 곧 살아 있는 사람 같았다. 코는 높이 솟고 입은 들어갔으며 손발이 불룩하게 나와서 양각陽刻한 것 같았다. 옷은 주름져 드리워졌는데 구름 기운을 잡아 비틀어 놓은 듯했고, 머리카락은 솜을 타 놓은 듯이 더부룩하게 풀어져 있었다. 가장 이상했던 이는 구름을 헤치고 얼굴을 드러낸 자로, 두어 장 정도 깊은 곳에 있는 듯했다.

_ 이기지, 『일암연기』, 1720년 9월 22일

1720년 9월의 북천주당 (2): 천주당의 안쪽

전당 안에 막 들어서서 고개를 들자 벽 위에 커다란 감실龕室: 제단의 위에 성체를 모셔 두는 작은 장이 보였다. 감실 안은 구름 기운이 가득하고 구름 가운데 5~6인이 서 있었는데, 아득하고 황홀하여 마치 신선과 귀신이 있는 듯했다. 자세히 보니 벽에 붙인 그림이었으니, 사람의 솜씨가 이러한 경지에 이를 수 있다고 여겨지지 않았다. 좌우의 벽 위에는 천신의 형상을 줄줄이 그려 놓았는데, 온갖 모습이 다 갖추어져 있어 이루 다 기록할 수가 없다. 여자의 형상도 있었는데, 심원하고 아득하여 참으로 신선 같았다. 천주상 앞에는 자리가 마련되어 있고, 붉은 옷에다 호모胡帽: 청나라 모자를 쓰고서 이목구비를 그려 넣지 않은 자가 있었다. 황제의 지위에 있는 사람이라는데, 괴이했다.

그 앞에 있는 주홍 탁자에는 향로香爐, 향합香盒, 기명器皿 등 놓여 있는 것들이 다 매우 기이했다. 한 장 남짓한 높이의 촛대 두 쌍을 세워 놓았다. 탁자 바깥으로는 긴 탁자를 난간처럼 설치하여 사람들의 출입을 막아 두었다. 탁자 위에는 화분 수십 개를 늘어놓았는데, 모두 종이와 밀랍으로 만든 것으로 꽃과 잎이 진짜 같아 분간할 수 없을 정도였다.

좌우의 익실翼室: 큰방 양쪽에 딸린 방은 정전正殿에서부터 전각前閣

에 이어져 있었는데, 모두 천신의 형상이 그려져 있었다. 동편 벽에 위에는 신장神將 하나가 있었다. 몸에 두 날개가 있고 발로는 박쥐 같은 모양의 귀조鬼鳥를 밟고 있었는데, 수레바퀴 같은 날개를 펴고 막 땅으로 내려서는 형상이었다.* 천신이 항마저降魔杵 : 마귀를 막는 방망이로 그 머리를 찧고 있었는데, 눈에서 광채가 뿜어져 강렬함이 살아 있는 듯했다. 세상에 장수 귀신이 없다면 모를까, 만약 있다면 그 모습이 필시 이와 같을 듯했다.

익실 신상神像 앞에도 모두 탁자를 놓아 두었고, 그 밖으로 난간을 설치하여 사람들이 가까이 오는 것을 막아 놓았다. 정전의 가운데에는 천녀를 그린 병풍을 세워 두고 향탁香卓 : 향로 탁자을 놓아 두었다.

지붕마루와 난간과 담벼락은 모두 돌 빛깔로 채색되어 있었는데, 푸르기도 하고 붉기도 했으며 간간이 돌무늬를 만들어 놓아 완전히 돌 같았다. 안에 들어가니 처음에 냉기 같은 것이 느껴져 따라온 이들 모두 돌이라고 여겼는데, 내가 손톱으로 긁어

* 미카엘(Michael) 천사가 악마를 밟고 있는 그림으로 보인다. 미카엘은 기독교에서 말하는 대천사장(大天使長)으로 일곱 수호신 가운데 하나이다. 유대교에서 비롯되어 선민(選民)의 수호자이자 용의 형상을 한 악마와의 싸움에서 하느님의 세력을 나타내는 천사로 인식되어 왔다. 회화(繪畵)에서는 전사(戰士)의 모습으로 그려지는 경우가 많으며, 마지막 대심판 때에 저울을 들고 있는 모습도 있다.

보인 뒤에야 돌이 아님을 알았다.

건물의 모양은 모두 벽만 세워져 있고 처마와 지붕마루가 없어서 나무궤짝 같은 모습이었다. 신상을 둔 곳에는 금빛 기둥들이 늘어서 있었는데, 나선 모양을 이루기도 하고 덩불 모양을 이루기도 하여 기이했다. 문의 빗장과 자물쇠는 모두 이어 붙인 흔적을 찾을 수 없었다. 서양 나라의 풍속은 천주를 숭상하는 것이 마치 서역에서 부처를 받드는 것과 같이 하며 천주당을 지어 섬기는데, 이 전당殿堂 또한 서양인이 지은 것이었다.

내가 전당 안을 두루 살펴보고 서편 옆방으로 들어갔는데, 벽을 어루만지다가 우연히 문 하나를 발견했다. 그 문으로 들어가니 빙빙 굽어 돌아가며 사다리가 있어 올라갈 수 있었다. 굽이굽이 돌며 사다리를 밟고 올라가니, 사다리가 끝나는 곳이 바로 전각의 위층이었다.

서쪽에 자명종이 있어서, 한동안 기계 장치[機鍵]가 움직이는 모습을 자세히 살펴보았다. 돌아서 내려오니, 문지기가 말하지 않고 올라갔다며 화를 내고는 앞문을 열어 나가도록 하더니 우리들이 나오자마자 문을 잠갔다.

박태중이 문지기를 불러 기씨킬리안 신부에게 알려 달라고 하니, 문지기가 기씨는 올해1720 7월에 이미 죽었고, 지금은 다른 서양인 여덟 명이 이곳에 와 있다고 했다. 서양인이 중국에 오면 모두 이곳에 머무는 듯했다. 그들에게 알리도록 하니, 잠시 후 들어오라고 했다. 박태중을 먼저 들여보내어 내가 온 것을 전하도록 하자, 잠시 뒤 어떤 사람이 내게 들어오라고 했다.

나는 천주당의 외문外門을 나와서 작은 중문中門으로 들어갔는데, 이때 천주당 집[堂屋]을 짓고 있었다. 커다란 벽돌과 깎아낸 돌들이 널려 있고, 여러 공인工人들이 분주히 움직였다. 건물을 지을 때는 모두 벽돌을 쓰고, 기둥과 들보는 적게 사용하는 듯했다.

천주당 안에 비치되어 있는 기구들은 모두 기이한 것들이었는데, 자명종과 천리경 같은 것들이 많이 있었다. 북쪽 벽에는 족자 하나가 걸려 있었는데, 천녀가 머리를 풀어헤치고 안개구름 속에 서 있는 것을 그린 것이었다. 천녀의 모습이 매우 우아하고 고결하고 자연스러워 마치 세상 밖에서 조용히 이치를 자득自得한 듯 보였고, 아래를 내려다보는 눈빛은 마치 무언가 생각하는 것이 있는 듯했다.

동쪽 벽에는 꽃나무, 반도蟠桃 : 선계의 복숭아, 괴석恠石 등이 잡다하게 그려져 있었는데, 구불구불하게 서로 얽히며 여러 겹으로 덮여 있었다. 멀리서 보면 갈피가 분명하게 잡혀 한 무더기의 석가산石假山 : 돌로 만든 인공 산 같았지만, 가까이서 보면 어지럽게 얽혀 있어 분별할 수가 없었다.

동쪽 방에는 비단 휘장이 드리워져 있었는데, 하인이 걷어 올리자, 주홍빛 침상에 깔린 이불과 화려하게 수놓은 융단이 보였다. 또 작은 방이 있었는데, 휘장과 기물들이 하나하나 정교하고 기이했다.

책상 위에는 서책이 많이 쌓여 있었는데, 모두 가죽으로 장정을 하였다. 살펴보니 서양 글자로 쓰여 있었는데, 글자 모양은 대략 범어梵語와 비슷했다.

_ 이기지, 『일암연기』, 1720년 9월 22일

아직 완성되지 않은 동천주당 방문기

동화문東華門 밖의 천주당을 방문하려고 동안문東安門으로 들어가 지나가는 사람에게 물으니 모두들 없다고 하였다. 어떤 사람이 말해 주었다.

"바로 동안문 밖에 있습니다."

다시 문을 나오다 북경 숙소 주인인 한인 조화趙華를 만났다. 그가 물었다.

"어디에 가십니까?"

나는 대답했다.

"천주당을 구경하러 가는 중입니다. 돌아오는 길에 집에 들르겠습니다."

말 위에서 서로 읍을 하고 지나쳐 동쪽 골목길로 수십 보 쯤 들어가니 천주당에 이르렀다. 실제로는 관소館所와 멀지 않은 곳이었지만, 예전에는 늘 동안문 안쪽에서 찾았기 때문에 찾을 수 없었던 것이다.

문지기를 시켜 들어가 통지하도록 하자, 잠시 후 비씨費氏 성의 서양 사람비은(費隱): 에른베르트 자비에르 프리델리(Ehrenbert Xavier Fridelli)이 나와서 맞이하였다.

소림蘇霖: 조셉 수아레즈(Joseph Suarez)과 대진현戴進賢: 이냐시오 쾨글러(Ignatius Kogler)이 우리 관소에 찾아왔을 때 두 사람이 이렇게 말한 적이 있다.

"비씨가 여기 관소에서 멀지 않은 곳에 있어서 여러분들을 만나 보기를 원합니다."

이 때문에 방문했던 것이다. 비씨가 맞이하여 나에게 먼저 가라고 하며 읍을 하기에 내가 몇 번이나 양보했지만 먼저 갈 수 밖에 없었다. 구불구불 이어진 길을 따라 담장과 건물 사이를 지나 한 건물에 이르렀는데, 건물의 제도와 집안에 있는 물건들이 서천주당西天主堂: 북천주당을 잘못 안 것과 대략 같았다.

건물 문을 나가면서 비은에게 물었다.

"여기에는 단지 건물만 있고 천주당은 없습니까?"

라고 하자, 그가 대답했다.

"아직 짓지 못하였습니다. 건물을 다 지은 다음 천주상을 설치하려고 하는데, 우선 중문 안에 있는 건물에다가 안치해 두었습니다."

그러고는 나를 데리고 들어가서 구경시켜 주었다.

네 벽의 그림은 서천주당과 같아 보였으며, 중간에 여인이 아이를 안고 있는 형상을 만들어 놓았는데 곧 천주의 어머니가 천주를 안고 있는 형상이었다. 남쪽에는 한 사람을 그려 놓았는데, 모습이 매우 위엄이 있다. 물어보니 성인의 형상이라고 대답했지만 어떤 사람인지는 알 수 없었다.

비은은 그림 앞에서 머리를 바닥에 대며 절을 하고 입 속으로는 낮은 소리로 주문을 외웠다. 주문을 외우면서 절을 하는데 뒷문에서 또 서양인 두 사람이 나오더니 따라서 절을 하고 꿇어앉았다. 주문을 외울 때 매번 손가락으로 코를 가리켰는데, 무슨 의미인지는 알 수 없었다. 문을 나와서 비은과 작별했다.

_ 이기지, 『일암연기』, 1720년 10월 10일

4부

먹고 입고 잔 곳의 보고서

4-1. 중국 음식 보고서 ① 거리의 음식들

중국 거리음식 중의 끝판왕, 유박아

이른바 '유박아'柔薄兒란 우리나라의 상화떡처럼 밀가루도 만든 것인데 우리나라의 만두처럼 가장자리가 쭈글쭈글하다. 이것은 옛 만두로 돼지고기와 마늘을 다져서 만들며 그곳의 떡 중에서 가장 맛이 있었다. 또 밀가루로 둥근 빵을 만든 뒤에 돼지기름이나 양기름에 튀기면 흡사 우리나라의 강정처럼 가볍고 연하여 씹기 쉽다. 진품은 설탕가루에 버무려서 만들었다. 품질의 좋고 나쁜 차이는 있지만 가게에서 파는 것은 모두 이런 따위이며 흰 떡은 보려야 볼 수 없었다.

_ 김창업, 「산천풍속총록」, 『연행일기』, 1712년

입맛은 모두 다른 법

이른바 유박아는 밀가루로 만들어서 우리나라의 상화떡과 비슷한데 그 가장자리가 쭈글쭈글해서 만두와도 같다. 소[餡]는 돼지고기에다 마늘을 섞어서 만든다. 저 사람들은 떡 가운데에 가장 맛있는 것으로 여겼다.

그런데 그것을 먹어 보면 갑자기 오심증惡心症 : 가슴이 답답하여 토할 것 같은 증상이 생겨서 좋은 맛이 아니게 되니 비로소 세상 사람들의 입맛이 같지 않다는 것을 알게 된다.

또 계란을 누룩, 설탕과 섞은 후 쪄서 떡을 만들어 '계란고'鷄卵糕라 하였으니 이것이 이곳의 떡 중에서 더욱 좋은 것이었다.

그다음으로 원소병圓小餠이 맛있었다. 이것은 곡물가루[麵末]를 비둘기알 크기의 커다란 환으로 만들어서 설탕으로 소를 넣고 찐다. 그후 물에다 넣었다가 조리로 건져 내서 먹게 된다.

_ 이의봉, 「산천풍속총론」, 『북원록』, 1760년

4-2. 중국 음식 보고서 ② 길 위의 양식, 국수

분탕 : 국수인가, 국물인가?

우리들은 아침 일찍부터 나왔다 시간이 꽤 되어 상당히 배가 고팠다. 묘문 밖에 점포가 하나 있어서 마침내 들어가 의자에 앉았다. 종 원건이 분탕粉湯을 올렸다. 분탕은 곧 우리나라의 국수와 같으나 간장을 치고 달걀을 넣은 것으로, 이곳 식품 중에는 맛이 가장 좋은 것이다.

_ 김창업, 『연행일기』, 1713년 1월 24일

식당 주인이 먼저 분탕과 계란전鷄卵煎 · 저육탕猪肉湯을 가지고 와서 사람들 앞에 각각 놓아 주었는데 뜨겁지도 차지도 않으면서 매우 먹을 만했다.

분탕은 녹말菉末 : 녹두 가루로 만드는데 계란을 탕에 풀어 섞어서, 맛이 짙고 부드러워 우리나라의 음식과는 비교할 만한 것이 없었다.

_ 이기지, 『일암연기』, 1720년 9월 15일

망해정 서쪽으로 몇 리를 가면 용왕묘龍王廟가 있는데 누각이 겹겹이었다. 길이 바빠 들르지 못하고 곧장 20리를 달려 가겟집에서 밥을 사서, 분탕에 말아 먹었다.

_ 홍대용, 「망해정」(望海亭), 『담헌연기』, 1765년 12월 19일

국물 재사용은 아니 되오

눈이 내린 후 지독하게 추워 사람들 얼굴마다 서리가 끼고 수염에 얼음이 맺혔다. 겹갖옷도 춥기가 마치 홑겹 옷을 입은 것 같았다. 양수하에 이르렀을 때 날이 추워 도저히 갈 수가 없어서 말에서 내려 가게로 들어가 소주 한 사발을 사서 마셨다. 평소 주량은 적은 편인데도 취하지 않았다.

말몰이꾼들은 거의 국수를 사서 먹었는데, 국수의 국물은 행인들이 마시고 남은 것에 덧부어 준 까닭에 차마 먹지를 못했다.

_ 이기지, 『일암연기』, 1720년 12월 5일

토자정土子井에 이르러 말에서 내려 가겟방에 들어가 화로를 끼고서 몸을 데웠다.

하인들이 모두 떡과 국수를 사 먹는데, 행인들이 마시고 남은 국수 국물을 곧바로 다시 솥 안에 쏟아 넣었다. 사람들 말이 국물을 새로 끓인 일은 없었으니, 옛날부터 지금까지 얼마나 오래 되었는지를 알지 못한다고 했다. 비록 몹시 춥고 굶주렸더라도 차마 먹을 수가 없었다.

_ 이기지, 『일암연기』, 1720년 12월 12일

국수 한 그릇의 값은?

장진보壯鎭堡에 이르러 말에서 내려 점방에 들어갔다.

여러 명의 청인이 탁자를 차지하고 앉아 국수를 시키니, 점주가 곧바로 내주었다. 한 그릇을 먹은 후 다시 시키자 또 갖다 주었다. 그 사람이 다 먹고는 주머니에서 돈을 찾아 16문文을 꺼내 탁자 위에 놓아두고 일어나 떠나고는, 단 한마디도 국수 값이 얼마인지 따지지 않았다.

아마도 한 그릇 값이 8문인 듯했다.

_ 이기지, 『일암연기』, 1720년 12월 10일

4-3. 중국음식 보고서 ③ 과일 보고서

역관 최수명崔壽溟이 산사山査:아가위 수십 개를 사서 주었다. 크기가 밤만 하며, 맛 또한 달고 시어서 먹을 만하였다. 내가 식점병食店病:설사병의 일종이 있었는데, 산사에는 먹은 것을 소화시키는 작용이 있어 연달아 십여 개를 먹었다. 그런데 도리어 딱 걸려 내려가지 않고 더부룩함이 더욱 심했다. 동팔참東八站에 있었을 때 길가에 자란 산사를 따서 하루 종일 먹었는데, 음식 소화에 특효라서 배불리 먹은 후라도 산사를 먹으면 갑자기 허기를 느끼곤 하였다.

오늘 것은 '사'査라서 도리어 이와 같으니, 아마도 맛과 성질이 판연히 다르기 때문인 듯하다. 작은 것을 산사라 부르는데, 음식 먹은 것을 소화시키니 약재에 들어간다. 큰 것은 '사'라고 일컫는데, 시고 떫어서 뱃속을 막히게 하니, 많이 먹어서는 안 된다.

_ 이기지, 『일암연기』, 1720년 9월 17일

4-4. 중국음식 보고서 ④ 술 이야기

중국의 술

가는 길에서는 계주薊州 술맛이 가장 좋다. 그래서 우리나라 사람들이 여기 이르면 모두 술을 사 마시는데 맛이 우리나라 방문주方文酒 : 특별한 방법으로 빚은 술와 비슷하나 조금 싱겁고 달고도 향기롭다.

이곳 각 주점의 술이 도수는 일정하지 않으나, 오래 되어도 맛이 변하지 않는 것은 같다. 연경의 의이주薏苡酒 : 율무주가 또한 청렬淸冽 : 맑고 강렬함하다고 하나 역주易州의 술이 더 좋다. 강희제 때, 쪄서 만드는 소주燒酒가 쌀을 많이 쓴다 하여 금지했으나 사람들이 계속 먹었다고 한다.

들으니, 왜인의 술은 소나무 통에 빚어서 땅속에 묻었다가 3년 뒤에 꺼내기 때문에 맛이 매우 순하고 솔 냄새가 나며, 더운

곳에 두어도 내내 향기롭고 맑다고 한다. 서양의 포도주라는 것은 빛이 맑고 푸르며 맛이 왜주와 같은데, 그 또한 훌륭하다고 한다.

_ 이압, 「문견잡기 상」(聞見雜記 上), 『연행기사』(燕行記事), 1777년

1720년에 만난 포도주: 선인의 음료

천주당에서 서양 포도주 한 잔을 내왔다. 색은 검붉었고 맛은 매우 향긋했으며 강렬하면서도 상쾌했다. 나는 본래 술을 마실 줄 몰랐는데 한 잔을 다 마시고도 취하지 않았다. 뱃속이 따뜻해지면서 약간 취기가 오를 따름이었다.

내가 물었다.

"이것은 서양의 술 빚는 법으로 만든 것입니까? 서양에서 가지고 온 것입니까?"

대답은 이러했다.

"서양인 가운데 최근에 온 자가 지금 여기 있는데, 한어漢語를 알지 못하기 때문에 나와 뵙지 못하고 있습니다. 그 사람이 올 때 이 술을 가지고 온 것입니다."

_이기지, 『일암연기』, 1720년 10월 10일

또 포도주 세 잔을 내어 왔는데 지난번에 마신 것보다 맛이 더 좋았다. 나는 연거푸 두 잔을 마셨을 뿐인데도 많이 취했다. 입에 들어갈 때는 상쾌하고 목으로 넘어갈 때는 부드러워 그 맛을 형언할 수가 없었다. 선인仙人의 음료라 하더라도 이보다 낫지는 못할 것이란 생각이 들었다.

_ 이기지, 『일암연기』, 1720년 10월 28일

서양인 소림蘇霖이 사람을 보내어 포도주 만드는 방법과 서양 고약의 사용 방법을 적은 글을 보내왔기에 답신을 보냈다.

_ 이기지, 『일암연기』, 1720년 10월 29일

4-5. 옷 이야기: 문명의 지표 조선 의관

십삼산 장기모와의 대화

십삼산 찰원의 방이 협소하므로 나는 촌가에 나가 잤다.

마침 서장관이 사처私處에 있기 때문에 들렀더니, 청인 소년 하나가 앞에 있는데 얼굴이 귀여웠다.

서장관의 말이, 그 아이는 주인집 아이로 글자를 알기에 불러 왔으나 머리 모양이 맘에 안 들어 돌려보내겠다는 것이다. 드디어 내가 귀마개를 벗어서 아이의 머리 위에 얹어 주고 집안 사람들에게 보여 주게 하였다. 아이는 웃으면서 들어갔다가 조금 후에 나왔다. 내가 물었다.

"너의 부모가 보고 어떻다고 하시더냐?"

좋다고 하더라는 대답이었다. 그 아이를 데리고 숙소로 돌아와서 물어보았다.

"네 조상의 의관 제도는 어떠했느냐?"

"저는 늦게 태어났기 때문에 모릅니다."

내가 또 물었다.

"나의 의관이 네가 보기에 어떠냐? 꽤 우습지?"

아이가 대답하였다.

"어찌 감히 웃겠습니까?"

나는 사실대로 말해도 괜찮다고 하였다. 아이가 대답하였다.

"의관이란 바로 예禮인데, 어찌 웃겠습니까?"

내가 물었다.

"너의 선대에 벼슬한 분이 있느냐?"

"저희는 빈천한 사람입니다."

또 성은 무엇이고 이름은 누구며 나이는 몇이냐고 물었더니 아이가 대답하였다.

"천성賤姓은 장張이요, 이름은 기모奇謨이며, 나이는 열다섯 살입니다."

"부모는 다 계시며 형제는 몇이냐?"

"부모가 다 계시고 형제는 세 사람입니다."

"몇 권의 책을 읽었느냐?"

"책은 갖추 읽었습니다."

"너의 선생은 성명이 어떻게 되시냐?"

"진선振先입니다."

"머리를 깎는 것이 네 뜻엔 즐거우냐? 왜 우리처럼 머리를 기르지 않느냐?"

"머리를 깎는 것은 풍속이며, 깎지 않음은 예禮입니다."

나는 부시[火鐵] 한 개를 꺼내어 이렇게 썼다.

"이 물건은 비록 보잘것없지만 나의 정을 표함이니, 헤어진 뒤에 이것을 보고 잊지 마라."

"노야老爺께서 부시를 주신 정을 잊지 않겠습니다."

"내년 봄에 돌아올 적에 이곳에 오면, 네가 찾아와 줄 수 있겠느냐?"

"'천 리에 거위 털을 보내니, 예는 가볍지만 인의는 중하다'千里送鵝毛 禮輕人義重고 했는데, 어찌하여 찾아 뵙지 않겠습니까?"

"그 말은 어느 책에서 나온 구절이냐? 속어가 아니냐?"

"예, 그렇습니다."

"너는 글을 읽어 무엇을 하려느냐?"

"상공相公이 되어 시험 치겠습니다."

"상공이란 곧 수재秀才: 과거 응시생가 아니냐?"

"예, 그렇습니다."

_ 김창업, 『연행일기』, 1712년 12월 12일

조선 의관에 대한 은근한 자랑

3월 2일 돌아오는 길, 삼하三河에 이르렀다. 성문에 들어가니 어떤 사람이 작은아버님홍억의 수레 앞에 와서 활짝 웃더니 수레를 따라왔다.

마침 통역들이 아무도 오지 않았고, 급히 둘러보아도 그와 말을 통할 이가 없었다. 내가 앞으로 나아가 읍하며 간단한 인사를 하였더니, 그는 매우 기뻐하였다.

곧 방으로 맞아들여 앉게 하고, 성씨를 물으니 등씨鄧氏라 하였다. 나이는 나와 동갑[同庚]이다. 선조 중에 드러난 조상이 누구냐고 물었더니, 등백도鄧伯道 : 진(晉)나라의 등유(鄧攸). 병란을 당해 어린 아들과 조카를 데리고 피난하던 도중에 두 아이를 다 온전히 데려가지 못할까 염려한 나머지 마침내 자기 아들을 버리고 조카만 데려갔는데, 이후 끝내 자식을 두지 못했다.의 후손이라고 하였다. 내가 말했다.

"예부터 이르기를, '천도天道가 무심하다. 등백도로 하여금 자식이 없게 하다니!'라 하였는데, 이 말은 어떻게 된 것이오?"

등생이 웃으며 말했다.

"어찌 조카들도 없었겠소?"

"조카 수綏가 3년 동안 복상服喪을 하고, 이어서 아들이 되었습니까?"

"그렇소."

"집이 어디에 있으며, 여기에 와서 무엇을 하고 있소?"

그가 말했다.

"집은 산서성의 태원부太原府에 있으며, 공사貢士에 입선하여 과거를 준비하다가, 요즘은 신병 때문에 중지하고, 여기 와서 친구 두어 사람과 같이 소금 장사를 하고 있습니다."

내가 말했다

"당신이 보기엔 우리들의 의관이 어떻다고 생각됩니까?"

"매우 좋습니다."

내가 말했다.

"이곳에서 머리를 깎는[剃頭] 법은 좋다고 봅니까, 그렇지 않습니까?"

"어려서부터 습관이 되었으므로 예사로 여기며, 깎는 것이 편리하다고 느낍니다."

"신체발부身體髮膚는 함부로 훼손하지 않는 것이 성인의 교훈이 아니겠소?"

등생이 말하기를,

"위안威顔 : 위엄이 있는 얼굴. 곧, 천자를 지칭한 말이 지척咫尺 사이니, 그런 말은 그만둡시다."

_ 홍대용, 「등문헌」(鄧汶軒), 『담헌연기』, 1766년 3월 2일

화두가 되는 조선 의관

손용주손유의가 나에게 말하였다.

"귀국의 문자도 역시 주자의 것을 따라 행합니까?"

내가 대답했다.

"경經이든 예禮든 모두 주자의 것을 따르고 조금도 어긋나지 않습니다."

"『중용』中庸에 이르기를 '글에는 문자가 같다'書同文고 한 것이 참으로 틀리지 않습니다."

내가 다시 말하였다.

"우리나라는 중국을 사모하고 존숭하며, 의관과 문물이 중화의 제도와 비슷합니다. 그래서 예부터 작은 중화[小中華]로 일컬어지고 있습니다만, 언어만은 아직 동이의 풍속[夷風]을 면하지 못하고 있으니 부끄럽습니다."

용주가 대답하였다.

"귀국의 사람들은 준수하고 아담하며, 풍속은 순수하고 후박해서 중화에 못지않음을 오래전부터 감탄하며 부러워하고 있습니다. 지방마다 언어가 다른 것이, 무슨 관계가 되겠습니까? 중국을 말하더라도, 동·서·남·북 지방의 언어가 다르지만 조정에서 선비를 뽑아 사람을 쓸 적엔 그것을 가지고 구별하지는 않습니다."

_ 홍대용, 「손용주」(孫蓉洲), 『담헌연기』, 1765년 3월 2일

조선 의관에 대한 종합적 의견

청인의 관복은, 저들 스스로도 불만족스럽게 여기고, 우리나라 사람들도 또한 비웃는다. 그러나 우리의 단령團領: 둥근 옷깃·오사모烏紗帽: 검은 관모·활수장의闊袖長衣: 넓은 소매 긴 옷는 저들이 감히 비웃지 못한다. 그래서 비록 부녀자들도 반드시 자세히 보고 사모하고 좋아한다.

그러므로 우리나라 사람의 관복은 중국 역관들이 혹 입는데, 장난으로라도 저들의 복색은 일찍이 우리나라 사람에게 입히지 않는다. 이것은 우리나라 사람들이 싫어하고 귀찮게 여기는 것을 알기 때문이다.

늘 저들과 이야기하다가 의복 제도에 대하여 물으면, 한인은 얼굴에 부끄러워하는 빛이 있다. 우리나라 사람의 복색에 대해 이렇게 말한다.

"이것은 중화의 제도이므로 좋은 줄 모르는 것은 아니지만, 지금 우리 왕의 법 또한 좋은 점이 많다."

그 까닭을 물으면, 이렇게 대답한다.

"머리털을 다 깎았으니 빗질하는 수고가 없고, 위아래를 똑같이 입으니 명분의 구별이 없고, 제작이 간단하고 쉬워서 일하는 데에 장애가 없으니, 이것을 편하게 여긴다."

유식한 사람은 슬퍼하며 이렇게 말하기도 한다.

"이것이 우리 선조가 입던 옷으로, 우리 집에서는 아직도 예전 옷을 간직하여 때때로 펼쳐 구경한다. 그대가 화제華制의 옷을 입었으니 어찌 흠모하고 부러워하지 않겠는가?"

그러나 명나라 때의 단령·화관華冠 등의 물건은 모두 광대들의 희자당戲子堂: 공연장으로 돌아가고 예전 제도는 조금도 없다.

원나라는 비록 중국에 들어와 임금 노릇을 했지만, 천하가 그래도 머리는 깎지 않았는데 지금은 온 중국이 모두 호복胡服이다. 백 년 대륙을 침략함에 중화의 문물은 남은 것이 없고, 선왕의 대례복大禮服은 지금 모두 광대들[戲子輩]이 입는 구경거리와 웃음거리가 되었다. 그리하여 제멋대로 고치고 바꾸니 황명의 예전 제도가 날로 멀어지고 날로 없어져서 장차 다시 얻어 보지 못하게 되었다.

_ 이압, 「문견잡기 상」, 『연행기사』, 1777년

4-6. 집 이야기: 그들의 집은 일자였다

일자옥, 일자 모양의 집

집은 칸 수를 논할 것 없이 모두 일자一字 집이다. 꺾여서 연결되는 법'ㄱ' 자 또는 'ㄷ' 자로은 없다. 앞면 중앙에 문을 내고 좌우로 창문을 달았다.

동·서·북 3면은 모두 담을 쌓았는데, 북쪽 담의 한가운데에 문을 내서 남쪽 문과 마주보게 하여 사람이 왕래한다. 앞뒷문의 사이가 곧 정당正堂이며, 당 좌우에 각기 문이 있으며 문을 열면 곧 방이다.

방 안엔 창문을 달고 '캉'[炕]을 놓았는데 '캉'은 바로 온돌형 침상이다. 그 높이는 걸터앉을 만하고, 길이는 한 칸이 되며 너비는 누울 수 있으나 발을 펼 수는 없다.

캉 바깥은 다 벽돌을 깔았는데 가난한 집은 깔지 못한다. 부억은 방 안에 있고 솥을 걸어 놓았는데 객실은 그렇지 않다. 문과 대문은 다 안에서 여닫게 되었다. 문지도리는 모두 나무로 되었고, 문고리 외엔 쇠로 장식된 것이 없다.

_ 김창업, 「산천풍속총록」, 『연행일기』, 1712년

송가성宋家城은 사방이 마치 바둑판 같았다. 일자 모양의 집이 수십 채가 있으니 모두 송씨네 집이고, 다른 성을 가진 사람들의 집은 없었다.

부사와 서장관도 뒤따라 도착하였는데, 부사는 집만을 구경하였으며, 서장관은 적루로 올라와 함께 감상하였다.

_ 이기지, 『일암연기』, 1720년 9월 15일

4-7. 오가는 길의 절경: 산은 그곳에 늘 있어서

내가 가 본 반산

나는 혼자 나와 말을 타고 담을 따라 서쪽으로 향했는데, 소림少林의 승경勝景을 다 볼 생각에서였다.

몇 리를 가니 바위벽이 한결 푸르고 윤이 있어 보였다. 길은 계속 꼬불꼬불 휘어져 있는데 흰 돌이 층층이 계단처럼 돼 있다. 모두 이 몇 해 동안 새로 만든 임금의 행차길이다.

산에 꽉 들어찬 소나무·잣나무 사이사이로 복숭아·살구 등 여러 가지 꽃잎들이 이제 막 터져 나오는 중이었다. 이날은 날씨도 화창한지라 말고삐를 늦추고 혼자 흥얼거리고 있는데, 문득 바라보니 숲 밖으로 예닐곱 명이 앉고 서고 한 채 서로 손으로 무얼 가리키며 웃고들 있었다. 말을 세우고 바라보니 모두 큰 갓에 소매 넓은 옷을 입고 있다. 나는 놀랍고도 이상해서 말을 급히 몰아 그리로 가 보았다. 웃던 사람들은 통역 이익李瀷·홍명복洪命福 등 일곱 사람이었다.

서로 즐겨 웃으며 잠시 바위에서 쉬었다. 궁의 담 안을 굽어보니 숲이 울창한 속에 울긋불긋한 정자가 몇 채 있고 정자 북쪽에 흰 바윗돌이 펀펀하게 깔려 있는데, 그 위로 한 줄기 폭포수가 흰 비단을 펴 놓은 듯 흐르고 있다. 흐른 물은 휘돌아 못을 이뤘는데 깊고 푸르고 밝은 것이 여간 사랑스럽지가 않았다. 그 옆에 '천척설'千尺雪이라고 새겨져 있다.

산 중턱을 바라보니 돌이 대臺 모양으로 돼 있는데 수십 명이 앉을 만하다. 정관 유적貞觀遺跡이라고 새겨져 있는 걸로 보아 당唐 태종太宗이 고구려를 치러 올 때 잠시 멈췄던 곳인 듯싶다. 북쪽으로 바위가 있는데 아주 고색이 창연하다. 나암羅岩이라고 돼 있다. 이 밖에도 새겨 둔 것들이 수없이 많았지만 다 적지는 못한다.

나는 다시 말을 타고 소림사小林寺로 향했다. 여러 통역들이 모두 따라나섰다. 몇 리쯤 가서 절 밑에 오니 돌계단이 너무도 가파르고 험해서 말에서 내려 걸어갔다. 문에 들어서니 중 한 사람이 반겨 맞아들였다. 이때 여러 통역들은 모두 옷을 벗고 지팡이를 끌며 땀을 흘리면서 가쁜 숨을 가라앉히지 못하고 있었다. 내가 중을 보고 말했다.

"우리들은 걸어서 올라오느라고 너무 지쳐 예를 갖추지 못했으니 괴이하게 여기지 마오."

중은 웃으며 대답했다.

"멀리서 오는 손님이 편할 대로 해야지 어떻게 사소한 예절을 따질 수 있겠소."

곧 차를 내다 위로를 하는 등 여간 친절하고 진실한 것이 아니었다.

여러 통역이 가끔 지나친 농담을 해도 중은 웃기만 하고, 성내는 빛이 없었다. 절 안의 고적古蹟들과 팔경八景을 물었는데, 대답을 잘 알아들을 수가 없었다. 급히 필담할 겨를이 없어 그냥 돌아오려는데, 중이 절 뒤 대臺 위로 우리를 안내하였다.

수십 개의 돌층계를 밟고 올라서니 큰 반석이 있는데 수백 명이 앉을 만했다. 이것이 곧 중반中盤이란 것으로, 반석이 바로 산 중간에 있었다. 산기슭이 바위를 둘러쌌고, 솔[松]과 돌이 밝고 고왔다.

행궁行宮을 굽어보니 못과 대의 위치가 무릎 아래에 있는 듯 또렷했다. 남으로 계주평야[薊野] 수백 리가 통했는데, 연수烟樹가 보일듯 말듯 아물거리니 그 신기하고 황홀함을 뭐라 형용할 수 없었다.

대 동쪽으로 탑이 있는데, 역시 수십 층으로 돼 있다. 매 층마다 달아둔 금탁金鐸들이 바람을 따라 쨍그렁거리는 소리가 마치 생경笙磬을 연주하는 것 같았다.

북으로 산꼭대기를 바라보니 보다 높은 탑이 있다. 생각에, 그것이 바로 오를 만하다는 돌탑으로, 동석動石이니 검정劍亭이니 하는 여러 경치들이 그 밑에 있을 듯하였다.

다만 산길이 높고 가팔라서 아직도 십 리 길이나 된다고 하였고, 멀리 보니 사행의 행차가 이미 떠나므로 섭섭하지만 내려와 수레를 타고 빨리 달려 계주에 이르니 해가 이미 서쪽으로 기울어 있었다.

_ 홍대용, 「반산」(盤山), 『담헌연기』, 1766년 3월 3일

온갖 고생에도 가 보고 싶던 봉황산

돌아오는 길에 봉성에서 5리 떨어진 삼차하三叉河 언덕에다 장막을 치고 일행이 다 같이 점심을 지어 먹게 됐다.

밥을 먹고 평중平仲 : 김재행(金在行)과 함께 봉산으로 올라가기로 약속을 했었는데, 말몰이꾼인 세팔이 이미 먼저 책문으로 향해 떠난 뒤라 일행 중 길을 아는 사람이 없으니, 평중이 난색을 보였다. 정 통역 역시 이렇게 말했다.

"30년 동안 이 길을 다녀도 오직 정승 한 사람이 상사上使로

왔을 때 이 산에 오른 일이 있는데, 그때도 수십 명을 거느리고 가여假輿: 빌린 가마를 타고 오르내려 자기 힘을 쓰지 않았으므로 겨우 낭패를 면했을 뿐입니다. 그 밖에는 듣지를 못했습니다."

하기야 노가재 김창업처럼 명승지를 골고루 찾아다닌 이도 안시安市까지만 가고 말았었다. 그러나 가옹稼翁: 김창업의 경우는 책문에 이르러 집 편지를 처음 보고 이튿날로 책문을 나와 돌아오게 되었으므로, 여가가 없어 그랬을 것이다.

나는 이번에 청석령靑石嶺에서 이미 집안과 나라 안이 다 무사하다는 소식을 들었고, 이날로 책문 안으로 이르게 되면 십여 일을 지체한 뒤에야 떠나게 될 테니 며칠 산 위에서 돌아다녀도 무방할 듯했다.

말을 타고 나오니 평중은 이미 약속을 한지라, 마지못해 따라나섰다. 봉성에 이르렀을 때 가게로 들어가 몇 사람을 불러 산에 오르는 길을 물어보았으나 모두 친절히 가르쳐 주지 않았는데 한 사람만이 자세히 설명해 주었다.

"여기서 산 위까지가 20리고 산에서 책문까지가 역시 20리인데, 산길이 너무 험해서 만일 이 길로 안시성에 나간다면 오늘로는 책문까지 못 가게 될 거요."

나는 평중에게 말했다.

"가면서 상의하세. 설사 산 위에서 자는 한이 있더라도 전대

속에 은전銀錢이 넉넉하니 걱정이 없네."

드디어 몇 리를 갔는데, 길옆에 여관이 몇 집 있고 동남으로 좁은 길이 산 밑을 향해 꾸불꾸불 나 있었다. 말에서 내려 가게로 들어갔다. 가게 안에 네댓 명이 있는데 모두 버릇이 없었다. 산으로 오르는 길을 물으니, 여러 사람이 산까지의 거리와 길이 험하냐 수월하냐를 대답하는데, 가지각색이었다. 이리저리 캐묻고 있는데 옆에 있던 평중의 두 눈이 커지며 근심하는 빛이 역력했다. 사행은 이미 가게 앞을 지나갔다.

정 역관이 나를 보고 말에서 내려 안으로 들어와서 어떻게 할 것인가를 묻더니, 이어 여러 사람에게도 가는 길을 물어 주었다. 모두 똑똑지가 않자 정 역관은 내 뜻이 굳은 걸 보고 말리지는 못했으나 걱정하는 눈치였다. 평중은 한층 기가 죽어 보이며 밖으로 급히 나가 버렸다. 나는 변소에 가는 줄로 알았는데, 마부 덕유가 와서 말하였다.

"평중은 말을 타고 큰길로 해서 곧장 사행의 뒤를 따라 달려가므로 까닭을 물었더니 돌아다보지도 않고 가 버렸습니다."

그제야 정 역관도,

"평중도 이미 가 버렸고, 사람도 없는 깊은 산골로 절대 혼자서는 갈 수 없습니다."

나는 화를 내며 말했다.

"평중이 말도 없이 달아나 버리니 내가 혼자서는 못 갈 줄 아는 모양이지만, 봉산 수십 리 땅을 얼마나 벼르고 별렀는데 한번 보지 않겠느냐? 더구나 평중 때문에 내 할 일을 못 하겠느냐?"

_ 홍대용, 「봉황산」(鳳凰山), 『담헌연기』, 1766년 3월 30일

봉황산 가는 길을 탐문하다

여관에 처음 들어왔을 때부터 온돌 위에 웬 사람이 베개를 높이 하고 맛있게 잠을 자고 있었는데, 모습이 꽤 점잖아 보였다. 이때 나는 정 역관과 이야기를 하며 일부러 큰 소리로 떠들고 웃고 해서 시끄럽게 만들었다. 그 사람이 그 통에 하품을 하며 기지개를 켜고 일어나 앉았다. 나는 그의 앞으로 가서 조심조심 인사를 하고 나서 길을 물었다. 그는 자세히 말해 주었다.

"봉황은 변문邊門의 명산으로 위에 돌문이 있고, 돌문으로 들어가면 큰 골이 나오는데 주위는 날카로운 봉우리들로 둘러싸여 있고, 그 안에 대령사大寧寺·조양사朝陽寺·관음굴觀音窟·약왕전藥王殿·낭랑묘娘娘廟 등 여러 명승과 가지가지 기이한 경치들이 있소. 다만 오늘 안에 책문까지 가려고 하면 두루 다 볼 수 없을 것이니, 여기서 동쪽으로 작은 길로 가면 대령사까지가 10여 리쯤 되고 대령사에서 동남으로 고성古城까지가 역시 10여 리쯤 되는

데, 산길이 험준하긴 해도 말을 타고 오르내릴 만하오. 당신은 외국 사람이라 다시 오기가 쉽지 않을 테니 힘들더라도 어찌 한 번 다녀가라고 하지 않겠소!"

나는 손을 들어 고맙다고 인사를 하고 나왔다. 정 역관과 작별하며 이렇게 약속하였다.

"오늘 중으로 틀림없이 책문에 가 닿을 테니, 만일 저물도록 오지 않거든 몇 사람에게 횃불을 들려 안시성 밖에서 기다리게 하시오."

_ 홍대용, 「봉황산」, 『담헌연기』, 1766년 3월 30일

마부 덕유와 단 둘이 봉황산으로 출발하다

그러고는 곧 작은 길로 떠났다. 오직 마부 덕유만이 뒤따랐다. 몇 리를 가니 수레바퀴 자국이 가로세로 나 있었다. 땔나무 차들이 오고간 자리였다. 나무꾼 몇 떼를 만나서 족족 앞길을 물으니, 가게에서 들은 거나 별 차 없었다. 산 밑에 와 닿으니 길 왼쪽으로 조그만 벽돌집이 있는데, 산신과 용왕의 위패를 모신 곳이다. 네다섯 명의 나무꾼들이 수레에다 나무를 싣고 있었는데, 모두 입을 모아 이렇게 말했다.

"이 길은 험해서 말을 타지 못한다."

걸어서 가는데 돌길이 점점 험해지며 땀이 비 오듯 했다.

산 중턱에 이르니, 사람 다섯이 돌 위에 둘러앉아 잔을 돌려 가며 술을 마시고 있었다. 나는 앞으로 나아가 읍을 하고 그 옆에 앉아 숨을 헐떡이고 있으니, 여럿이 술을 따라 서로 권하며 퍽 다정하게 대했다. 한 사람이 물었다.

"우리들은 봉성에 살아서 해마다 고려 사람들을 보는데, 그대의 의상을 보아하니 아무래도 하등인은 아닌 것 같고 혹시 조선의 대감이 아니시오?"

내가 대답했다.

"그렇지는 않고, 대감의 수행원이다."

한 사람이 이렇게 말했다.

"거짓말 마오. 틀림없이 당조의 일품관일 거요."

"나는 고려의 수재로서 산 위의 경치를 보려고 길을 우회해서 여기까지 오게 되었고, 대감은 벌써 책문을 향해 직행하였소."

그들이 다시 말했다.

"산 위는 정말 경치가 좋아 우리들도 대령사에서 오는 길이오. 여기서 돌문이 그리 멀지 않고 돌문만 들어서면 길이 순해서 말을 타고 갈 수 있을 것이오."

나는 고맙다는 인사를 하고 길을 떴다. 여기서부터 봉우리가 한결 가파르고, 바윗빛이 옥돌처럼 푸르고 윤났다. 석간石澗: 돌이 많은 시내은 쏟아져 내려서 폭포를 이루고 다시 못을 이뤘다. 가끔, 눈과 비단 같은 흰 돌이 사방 몇 길이나 펼쳐졌다. 이것은 반산이나 도화동에서 볼 수 없었던 것들이다.

한참을 가니 왼쪽으로 10여 길이나 되는 절벽이 있었다. 층층이 쌓인 돌이 옆으로 병풍 친 듯 수십 보가량 뻗어 있는데, 평삭平削이 천연으로 이루어졌다.

군데군데 묵은 솔이 비스듬히 누워 있고 두견화가 붉게 피어 있다. 우리나라에선 볼 수 없는 경색이었다. 그러나 갈 일이 걱정이 되어 마음 놓고 구경을 할 수가 없다.

조금 쉬었다가 바로 일어났다. 동북쪽으로는 산세가 점점 더 웅장하고 화려했다. 십여 개의 기이한 봉우리들이 구름 속으로 높이 솟아 있다. 길이 절벽 사이로 나 있는데, 겨우 말 한 필이 지나갈 만하니, 이른바 돌문이란 것이다. 덕유가 먼저 들어가 길을 보고 오더니, 이렇게 말했다.

"문 안은 펀펀한 길이 수레라도 지나다닐 만합니다."

소나무 밑에 앉아 옷을 풀고 땀을 식히는데, 산 왼쪽 숲 속 깊이 두견새 우는 소리가 들려 왔다. 솔바람과 시냇물 사이로 조용히 울려오는 맑은 소리에 심신이 절로 상쾌해진다. 결코 거문고나 다른 악기에 비할 것이 아니다.

북으로 봉성을 바라보니, 인가의 연기가 뚜렷이 보였다. 사방을 돌아보며 쾌재를 외치니, 산을 오르던 피로가 다 달아나고 말았다.

_ 홍대용, 「봉황산」, 『담헌연기』, 1766년 3월 30일

봉황산 대령사 승려들이 인도한 선계 절경

문으로 들어서니 나무들이 보기 좋게 쭉쭉 뻗어 있고, 양쪽 산이 골을 끼고 서로 경쟁하듯 솟아 있다. 여기서 서남으로 몇 리를 오는 동안 발길을 옮길 때마다 보는 것이 달라지며 갈수록 신기하기만 했다.

대령사에 이르니 절터는 넓고 편편했다. 나지막한 산기슭이 앞을 싸고 있는데, 앞으로 몇 이랑의 나물밭이 있고 그 밑으로 샘물이 솟아 졸졸 소리 내며 흐르고 있었다. 절에 있는 4~5명의 중과 도사 한 사람이 문에 나와 반겨 맞아 주는데 예를 지키는 것이 여간 아니었다. 도사는 머리를 묶어 상투를 틀고 도복에 두건을 쓰고 있었다. 대하는 것이 반가웠다. 산속의 고적과 절 이름과 연혁 같은 걸 많이 들려주는데, 말하는 법이 그리 좋지 않고 빨라서 전연 알아들을 수가 없었다. 자칭 전진도사全眞道士라 하며, 장가도 안 들고 경과 주문을 외면서 명산을 찾아 논다고 했다. 나는 마침 목이 마른 판이라 차를 네댓 잔 거푸 마셨다. 뜰

가로 걸어 나와 오래도록 먼 곳을 바라보았다. 승려들이 말해 주었다.

"여기서 책문까지 15리쯤 되는데, 계속 고개가 험하고 숲이 짙어 사람들이 별로 다니지를 않고 범이 가끔 나오는 통에 해가 저물면 혼자는 못 갑니다."

해는 벌써 미시未時: 오후 1~3시가 가까워, 조양사의 여러 승경을 다 볼 수는 없었다. 묵고 싶어도 정 역관과의 약속이 이미 돼 있으므로 하는 수 없이 말을 타고 시내를 건너 길을 찾아 나섰다.

남쪽 언덕을 향해 수백 보쯤 오다가 우연히 고개를 돌려 보았다. 서북쪽으로 기이한 봉우리가 뾰족뾰족 붓끝처럼 십여 개가 서 있는데, 모두 시퍼러니 백 길이나 솟아 있어 맑은 기운이 넘쳐흘렀다. 군데군데 절집 기와지붕을 은은히 비추고 있다. 나도 모르게 소리를 치고 말에서 내려 높은 곳을 찾아 앉아 손가락질을 하며 감탄해 마지않았다.

대령사 중들이 내가 말에서 내려와 앉은 걸 보고는 모두 뜰로 모여 서서 바라보더니, 한 사람이 갑자기 내게로 달려왔다. 내가 그를 맞이하며 까닭을 물으니 나를 위해 온다고 했다. 앞산으로 달려 올라가며 말했다.

"나를 따라오면 모든 승경을 두루 바라볼 수 있습니다."

나는 몸을 날려 그를 따랐다. 언덕이 어찌나 가파른지 땀이 흐르고 숨이 차 견딜 수가 없었다. 그는 이따금 돌아다보며 웃었다. 수백 보를 걸어 꼭대기에 오르자, 그는 승지들을 하나하나 지적해 보여 주었다. 북쪽으로 큰 돌 봉우리가 있는데 땅에서 수십 길 되는 절벽 위로 조그만 집이 하나 보였다. 흡사 제비집, 벌집처럼 매달려 있다. 관음굴이라 한다. 굴 위아래는 깎은 듯 발붙일 곳도 없다. 아무리 바라보아도 길을 알 수가 없었다.

서북쪽 봉 밑으로 솔숲 우거진 곳에 수십 칸 전각이 보였다. 조양사라고 한다. 서쪽을 등지고 동쪽을 향하고 있어서 지은 이름이다. 절 왼쪽으로 조그만 봉우리가 구불구불 내려오다가는 관음굴 앞에 와서 갑자기 30~40길이나 불쑥 솟아올라 있다. 그 위에 약왕·낭랑 두 묘전廟殿이 있는데, 다 같이 허공에 바람을 타고 서 있다. 바윗돌로 담벽을 하고 고송 수십 그루가 서로 엇갈려서 울창하게 서 있다.

참으로 속세를 멀리 한 선계仙界와 같았다. 대개 이 산은 봉우리로 승경을 이루었는데, 꼭대기에 이런 큰 동부洞府가 있어 수많은 절집들로 장식을 하니, 기이하고 그윽하여 일만 개의 바윗돌이 숲을 이루고 서 있어도, 험산이라거나 보기 싫은 모습이라곤 찾아보려야 찾아볼 수 없다. 이번 걸음에서 본 산수 중 제일의 장관이었다.

_ 홍대용, 「봉황산」, 『담헌연기』, 1766년 3월 30일

선계에서 내려와 길을 잃다: 내려오는 길 찾기

덕유가 가자고 서두르는 바람에 드디어 말을 타고 언덕을 따라 남쪽으로 내려왔다. 험준하고 돌이 많아 타다가 걷다가 하며 몇 리를 내려오니, 무릎까지 차는 거친 풀 속으로 좁은 길이 희미하게 나 있다.

거기를 거쳐 큰 구렁 속으로 들어서게 됐다. 양쪽 산이 위태롭게 솟아 있고 높은 나무숲이 해를 가렸다. 덕유와 또 다른 마부는 서로 보며 당황해할 뿐 감히 말을 못했다. 나 역시 고개를 떨어뜨리고 빨리 내려가기만을 독촉했다.

얼마 후 골짜기를 빠져나오니 길이 남쪽으로 나 있었다. 앞에 높은 재가 있는데 작은 길을 알아볼 수 있었다. 서로 반겨 웃으며 거기만 오르면 안시성이 보일 것으로 알았다. 말을 타고 빨리 달려 고개로 올라와서 동남을 바라보니, 겹겹 높은 산이 하늘에 닿았다. 너무나 험해서 바로 보지도 못하겠다. 그리고 길마저 없어져서 사람이 다닌 흔적이 없다. 두 사람은 얼굴에 빛을 잃고 있었다. 나 역시 말에서 내려 한참을 앉았으나, 대책이 서질 않았다. 억지로 웃어 보이며 그들을 달래 골짜기를 따라 내려갔다. 돌이 울퉁불퉁해서 말이 제대로 가질 못했다. 엎치락뒤치락하는 사이 몇 리를 걸었는지 어디쯤 왔는지, 그것마저 알 수가 없었다.

숲이 깊고 골짜기가 깊어서 어둠침침하니 이미 저녁인 듯싶었다. 범의 똥과 발자국이 가는 곳마다 수두룩했다. 나 역시 걱정이 되고 겁이 났다. 어떻게 해야 할지 생각이 안 나 시냇가 돌위에 앉아 있었다. 두 사람도 말을 붙들고 그 아래 앉아 있었다.

조금 있으니 갑자기 천둥치듯 벼랑을 울리는 소리가 들려 왔다. 범이 나타난 줄 알고 모두 깜짝 놀랐다. 얼른 일어나 살펴보니 큰 개 한 마리가 고개를 쳐들고 사람을 보며 짖는 것이었다. 참으로 반가웠다.

돌을 디디고 바라보니, 수십 보 밖에 여자 하나가 여남은 살쯤 되어 보이는 아이를 데리고 광주리를 끼고 나물을 뜯다가 놀라 일어나 살피며 바라보는 중이었다. 덕유를 보내 길을 묻게 했다. 여자는 덕유가 빠른 걸음으로 자기를 쫓는 걸 보고 깜짝 놀라 아이와 함께 광주리를 버리고 달아났다. 덕유가 소리쳐 부르며 뒤를 쫓으니, 더욱 죽자고 갈팡질팡 도망했다. 얼마 후 덕유가 돌아왔다.

"아이는 먼저 달아나 버리고, 여자는 발을 잘못 디뎌 넘어지는 바람에 따라잡기는 했는데, 길을 물으려니까 여자가 황급해서 정신을 못 차리고 길바닥에 오줌을 질펀히 누어 놓고는 소리를 지르며 울며 달아나 버렸습니다."

내가 대답했다.

"깊은 산골에서 뜻밖에 외국 사람을 만났으니 놀라 달아나는 것도 있을 법한 일이다. 아무튼 여자가 나물을 캐러 여기까지 온 걸 보면 십 리 안에 반드시 마을이 있을 것이다."

_ 홍대용, 「봉황산」, 『담헌연기』, 1766년 3월 30일

겨우 돌아온 인간세상: 다시 국경으로

드디어 그들 뒤를 따라나섰다. 1리쯤 걸어 골짜기를 겨우 벗어나니, 앞이 탁 트이며 몇 리 되는 평야에 밭둔덕이 엇갈렸고, 우마 수십 필이 흩어 다니며 풀을 뜯고 있었다. 우리는 서로 돌아보며 아귀굴에서 밝은 곳으로 빠져나온 듯 기뻐했다. 여기서부터 길이 있기 시작했다. 남쪽으로 고개가 여럿 있기는 하나 책문으로 가는 길인 듯 보였다. 그러나 함부로 갈 수는 없었다. 북쪽을 바라보니 들에 사람 둘이 나와 있었다. 덕유를 보내 길을 물었다. 덕유는 두 사람이 다 성난 얼굴로 처음에는 이렇게 묻더라고 했다.

"왜 남의 부녀자를 놀라게 하느냐?"

덕유가 웃으며 그 상황을 이야기했더니 그제야 풀어지더라고 했다. 남쪽 길로 해서 가니 고개가 그리 높지 않았다. 1리쯤

가서 한 사람을 만났는데, 내가 말에서 내려 먼저 안부를 묻고 성과 나이를 물은 다음, 큰 고개에서 길을 잃고 고생하던 말을 하고 비로소 책문으로 가는 길을 물었다. 그는 손을 들어 호의를 보이며 말했다.

"여기가 바로 고성 북문 밖인데, 북문에서 책문까지는 5리 남짓밖에 안 되니 안심하라."

앞으로 또 1리쯤 가니 양쪽 산이 점점 낮아져 오목하게 중간이 뚝 끊어졌는데, 돌성이 산을 따라 내려온 것이 우리나라의 산성과 꼭 같았다. 중간에 끊어진 곳은 북문이 있던 곳이었다.

북문으로 해서 책문에 와 닿으니 해가 아직도 20리 길은 더 걸을 만큼 남아 있었다.

_ 홍대용, 「봉황산」, 『담헌연기』, 1766년 3월 30일

5부

나와 너의 거리: 이국에서 만난 또 다른 이국

5-1. 타국에서 확인한 조선 입맛

심양의 배추와 신감채

저녁밥을 보니 배추와 신감채[葠菠菜]가 나왔는데 맛이 하도 싱싱하여 나도 모르게 밥을 더 먹었다.

또 물고기로 된 탕과 구이가 나왔는데, 우리나라에 없는 고기였다. 모양은 흡사 붕어 같고 맛은 눕치[重唇] 같았으며 길이는 3~4치였다. 유어鰡魚도 있는데 맛은 그리 좋지 않았다. 여기서부터 물맛이 나쁘기 시작하였다.

_ 김창업, 『연행일기』, 1712년 12월 6일

산해관을 지나 먹어 본 동치미

정월과 2월에 담근 게젓과 동팔참東八站의 꿩은 우리나라 것 못지않고, 소흑산小黑山·십삼산十三山 등지에는 비둘기와 메추리가 극히 많으며, 닭과 돼지는 우리나라와 같다. 대릉하大凌河·소릉하小凌河의 감동젓[甘同醢]과 배추김치[沉菘菜], 영원寧遠·풍윤豐潤의 무동치미[蘿葍冬沉]는 맛이 우리나라 것만은 못하나, 동치미는 역관들이 우리나라에서 담그는 법을 썼기 때문에 한번 먹어 보면 역시 산뜻한 맛을 느낄 수 있다.

_ 이압, 「문견잡기 상」, 『연행기사』, 1777년

풍윤현에 머물렀다. 주방에서 저녁 식사를 내오는데 동치미[冬沈菜]는 우리나라에서 만든 것과 같아 맛이 매우 청량하고 상쾌하였다. 이것은 여기서 산 것이었다. 산해관에 들어온 이후로 동치미를 이미 먹어 보았지만, 여기 것이 가장 맛있었다.

_ 이의봉, 『북원록』, 1760년 12월 23일

5-2. 타국 등급 매기기

강남江南 : 장강(長江) 이남 지역 사람을 '만자'蠻子 : 야만인라고 하는 것은 강남이 형만荊蠻이 사는 옛 땅이었기 때문이고, 산서山西 사람을 '조자'蚤子 : 벼룩라고 하는 것은 이로움이 될 만한 것을 잘 취하는 것이 벼룩이 사람의 피를 빠는 것과 같이 하기 때문이다.

산동山東 사람을 '객자'喀子라고도 하고 또한 '과자'夸子라고도 한다. 힘찬 걸음걸이가 해를 쫓아가는 과부夸夫 : 중국 신화에 나오는 과보(夸父)와 같기 때문이다. 북경 사람을 '유자'油子 : 세상 물정에 밝고 교활한 사람라고 하는 것은 물정을 익히고 반응하는 것이 기름이 미끄러운 것과 같이 매끈하기 때문이다.

청인은 '단자'靼子라고 이르고 또한 '만주'滿洲라고 이른다. 더러는 '기하'旗下라고 이르는 것은 팔기八旗 : 깃발의 색으로 나눈 청대 만주족 군대 조직과 호구 편제 제도에 속하였기 때문이다.

인물의 품등品等을 남에게 물으니 이렇게 대답하였다.

"만자가 가장 낫고, 그다음은 조자, 유자, 객자이고 또 그다음은 고려, 단자 및 조단자臊韃子 : 누린내 나는 오랑캐이다. 몽고 사람을 일러 '조단자'라고 하였으니 이것이 가장 아래 등급이 된다."

내가 보는 것은 다르다.

서양 사람이 맨 처음이 되고 한인과 우리 조선 사람이 그다음이며, 몽고와 청인이 또 다음이고 안남安南 : 베트남과 유구琉球 : 오키나와가 또 그다음이고, 남장南掌 : 라오스이 맨 아래 등급이 되며 회자回子 : 위구르, 회교가 오히려 사람과 짐승의 사이에 있으니 사람이라고 말할 수가 없다.

_ 이의봉, 「산천풍속총론」, 『북원록』, 1760년

1790년 외교 현장에서의 품계

세 사신의 성명과 벼슬의 품등을 황제가 물으므로 황제가 총애하는 신하인 화신和珅이 어전에 나아가 손을 들어 차례로 가리키며 대답하였다. 황제가 말하였다.

"사신 등을 잔치하는 반열에 나아가게 하라."

만주인 철보가 우리를 인도하여 각국 사신의 반열에 앉게 하였는데, 수석은 조선사朝鮮使이고 다음은 안남사安南使 : 베트남 사신, 다음은 남장사南掌使 : 라오스 사신, 다음은 면전사緬甸使 : 미얀마 사신,

다음은 생번生番 : 대만이었다.

친왕親王 : 황제의 아들들, 패륵貝勒 : 만주어로 부장(部長)의 뜻, 패자貝子 : 청나라 작위 이름, 각부 대신들이 동서東序에, 두 줄로 서쪽을 향해 앉았으며 북쪽이 상석이었다. 친왕, 패륵, 패자는 앞줄에 있고 대신들은 뒷줄에 있었다.

몽고, 회부回部 : 청나라 때 동터키계 이슬람교도들이 살던 지역, 안남의 제왕諸王과 패륵, 패자 및 각국 사신은 서서西序에, 두 줄로 동쪽을 향하여 앉았는데, 북쪽이 상석이었다. 제왕, 패륵, 패자는 앞에 있고 사신들은 뒤에 있었다.

_ 서호수, 『연행기』, 1790년 7월 16일

5-3. 천리경, 비연, 서양화: 천주당에서 접한 서양 문물

천주당의 서양인들을 만나게 된 사연

금평위錦平尉 박필성朴弼成:효종의 사위이 연전前年:1717에 연경으로 사신 갔을 때 천주당에 들러 성이 기紀인 서양 사람킬리안 슈툼프(Kilian Stumpf, 紀理安)을 만났다. 기씨도 옥하관으로 찾아와 흡독석吸毒石을 주었고, 돌아온 후에도 서로 끊임없이 소식을 주고받았다. 박태중朴泰重이 이번 연행에서도 금평위가 보낸 물건을 가지고 와 기씨에게 전해야 했기에 박태중과 함께 가서 서양인을 만나고자 천주당으로 갔다.

중당中堂에 들어가니, 서양인 세 사람이 서쪽에 앉아 있었고, 동쪽에 화뉴花杻:모과나무 의자를 놓아두었다. 내가 들어가자 모두 읍하며 앉으라고 했는데, 예모禮貌가 매우 공손하였다.

세 사람은 긴 수염을 하고 보통 사람과는 달라 보였으며, 코가 높아 콧등이 뾰족하면서도 아랫부분은 처져 있었다. 눈썹은 두터우면서 털이 가늘었고, 눈빛이 강렬하면서도 맑은 것이 유리구슬 같아 무언가를 볼 때는 눈동자를 굴릴 것 같지도 않았다. 두번째 자리에 앉은 사람은 키가 9척 남짓 되었다. 모두 변발을 하고 청나라 옷을 입고 있었다.

세 사람은 모두 한어를 말할 수 있었지만 정확히 알지는 못했고, 글도 알지 못했다. 곁에 앉은 한인은 강남 지방의 거인擧人: 과거 응시생인데 이곳에서 통역을 하는 역할이었다. 박태중이 통역을 해보았지만 끝내 분명하게 통하지 않았다. 결국 내가 글을 써서 거인에게 주면, 거인은 그 글을 가지고 세 사람 앞으로 가서 번역하여 이야기해 주고, 다시 세 사람의 말을 글로 써서 내게 보여 주었다. 내가 글로 써서 물었다.

"저는 천지의 동쪽 끝에 살고 당신은 천지의 서쪽 끝에 사는데, 지금 이곳에서 얼굴을 마주하게 되니, 어찌 하늘이 베푼 인연이 아니겠습니까? 게다가 신령스럽고 기묘한 마음은 그대와 내가 다르지 않을 것이니, 정과 뜻이 서로 통한다면 어찌 멀고 가까운 것을 따지겠습니까? 저의 성은 아무개이고, 이름은 아무개이니, 세 분의 성명을 알고 싶습니다."

답은 이러했다.

"첫번째 사람은 소림蘇霖 : 조셉 수아레즈(Joseph Suarez)이고, 두번째 사람은 장안다張安多 : 앙뜨완 드 마갈렌스(Antoin de Magalhaens)이고, 세 번째 사람은 맥대성麥大成 : 장 프랑수아 카르도소(Jean-Francois Cardoso)입니다."

그중 소림이 말했다.

"이 선생님의 말씀이 매우 분명하고 사리에 통달하니, 늦게 만난 것이 애석합니다."

_ 이기지, 『일암연기』, 1720년 9월 22일

천리경과 볼록거울, 자명종을 보다

대화를 나누는 가운데 소림이 심부름꾼을 시켜 거울 하나를 가져 오게 하여 내 앞에 세워 놓았다. 거울은 지름이 3척 남짓 되었고, 한 면은 볼록하며 한 면은 오목했다. 꽃무늬로 받침과 대를 만들었으며 사람 키만큼의 높이로 회전하는 장치를 만들어 놓았다. 처음에 볼록한 면에 비춰 보자 사람이 갓난아이처럼 작아 보였고, 잠시 후 회전시켜 오목한 면에 비춰 보자 사람이 모두 거꾸로 보였다. 소림은 나를 거울 앞으로 불러 가까이서 보게 하였는데 얼굴이 대야만 하게 크게 보이지만 거꾸로 보이지는 않았다.

내가 기물들을 둘러보자 소림이 천리경千里鏡을 꺼내어 보여 주었다. 길이는 2장丈 남짓 되었는데, 장소가 좁아 멀리 바라볼 수 없었다.

나는 소림에게 글을 써 보도록 했다. 그가 사용하는 붓은 거위 깃털이나 독수리 깃에다가 나무줄기나 뿌리를 비스듬히 깎아 뾰족하게 만든 것이었다. 수정으로 만든 조그만 항아리에 솜으로 먹을 적셔 놓았는데, 붓을 거기에 담가 놓았다가 썼다. 한 번 담가서 대여섯 줄을 써도 먹이 마르지 않았다. 글은 왼쪽에서부터 옆으로 써 내려갔으니, 『사기』 '대원전'大宛傳에서 말한, "가죽 책에다 글을 가로로 쓴다"革書旁行 : 대원은 지금의 우즈베키스탄 내에 있던 국가. 글을 가로로 쓴다는 것은 서양 글씨의 모습 지칭.는 것이었다. 서방의 글은 대체로 이와 같아 붓의 운용이 아주 빨라서 나는 듯하고, 먹줄을 잡아당긴 듯 단정했다.

또 자명종을 꺼내어 보였다. 사면에 모두 유리를 붙여 놓았고, 윗부분은 오금烏金 : 구리에 1~10%의 금을 섞은 합금. 검붉은 빛이 나며 장식품에 쓰인다으로 덮어 놓았다. 작은 줄을 끌어당기면 곧바로 종이 울렸는데, 제작의 정교함이 극치를 이루었다.

탁자 위에는 주홍색 정釘 : 못 모양으로 빚은 밀랍이 많이 놓여 있었는데, 크기가 붓 대롱만 했다. 어디에 쓰는 것인지 묻자, 종자를 시켜 촛불을 켜 가지고 오도록 했다. 그 사람이 붉은 정의 윗부분을 촛불 위에 대어 불을 붙이자, 정에 곧 불이 붙었다. 그러고는 불에 달구어진 정의 끝부분을 종이에 떨구고 접어서 봉했다. 다시 한 방울 떨어뜨린 뒤, 작은 구리 도장[銅印]을 그 위에 찍으니, 붉은 색 글자가 매우 분명하게 보였다. 내가 물었다.

"여기에 도장을 찍는 것은 용도가 무엇입니까?"

"서찰이나 그 밖의 것에 봉인 표시를 할 때 모두 이 도장을 사용합니다."

나는 또 말했다.

"세 분 중 혹시 우리 관소에 와 주실 수 있는 분이 있는지요?"

이 사람들을 아버님께 보여 드리고 싶었기 때문이었다. 그 사람은 깃털 붓으로 종이에 글을 써 주면서, 손가락으로 가리키며 말했다.

"이 선생님께서 사리에 매우 밝아 공경할 만하니, 마땅히 관사에 가도록 하겠습니다."

청 군관 왕사王四가 곁에 있다가 말했다.

"매매하는 것을 지금 허락하지 않고, 문금門禁 : 문의 출입을 금지함이 매우 엄격하여 오실 수 없을 것입니다."

그러자 소림이 주저하더니 답하였다.

"마땅히 문금에 대해 알아보고 나서, 들어갈 수 있으면 가도록 하겠습니다."

나는 도리어 왕사를 이렇게 꾸짖었다.

"너는 일에 대처할 줄을 전혀 모르는구나. 매매하는 사람들이야 금지된 물품을 가지고 올까 염려되어 관소에 들어오는 것을 금할 수 있지만, 구만 리 밖에서 온 서양인이 너희들의 매매하는 일에 무슨 상관이 있겠느냐?"

박태중도 그를 꾸짖자, 왕사가 얼굴을 붉히며 물러갔다. 그렇지만 소림은 끝내 따라오지 않았다. 결국 내가 작별 인사를 하고 나오니 세 사람이 모두 문 밖에까지 나와 전송해 줬는데, 작별하는 정이 은근했다.

_ 이기지, 『일암연기』, 1720년 9월 22일

서양인, 흡독석과 비연을 가지고 조선 사신을 보러 오다

식사 후에 서양인 대진현戴進賢: 쾨글러(Ignatius Kogler)과 소림이 대인을 뵈러 왔다. 흠천감정欽天監正 소운룡邵雲龍과 역과박사曆科博士 손이무孫爾茂 또한 따라왔다. 따라온 종도 열 명 남짓 됐다.

소림은 교자轎子: 가마를 타고 왔다. 아버님이 맞이하여 캉 위에 앉게 하셨다. 나도 모시고 앉아 있는데, 잠시 후 부사도 들어왔다.

두 사람은 흡독석, 여송과呂宋果 : 보두(寶豆) 나무의 씨앗. 약재의 일종, 서양칼, 수정합水晶盒, 서양화, 서양인이 쓴 책 세 종류를 아버님께 드렸다. 또 흡독석, 여송과, 서양 종이 등을 나에게 따로 주었고 부사와 서장관에게도 각각 준 것이 있었다.

흡독석과 여송과는 각기 사용법이 있는데, 흡독석은 곧 독사의 머릿속에 든 돌이다. 책은 모두 천주의 교리집이고 그림은 서양의 천주당을 인화印畵 : 찍어 냄한 것이었다.

아버님과 나는 글을 써서 이것저것 물어보았는데, 대진현은 한자를 알아볼 수는 있으나 쓰지는 못하여 손이무에게 대신 글을 쓰게 하여 답했다. 율병栗餠 : 밤떡, 해송자병海松子餠 : 잣떡, 약과, 복어 등의 음식을 대접하고, 또 계당주桂糖酒 : 계피와 꿀을 넣은 소주를 권했는데, 한두 차례 마실 뿐이었다.

떠날 즈음 삼사가 각기 장지壯紙 : 한지의 일종, 칼[刀子], 문어, 부채 등을 주었으며, 손이무와 소운룡 두 사람에게도 종이 부채[紙扇]를 주었다. 또 따로 준비한 음식으로 종들을 대접하여 보냈다.

소림이 내게 꼭 다시 방문해 달라고 하기에 나는 며칠 후에 가겠다고 말했다. 아버지께서 천주당에 있는 서양의 인물, 짐승, 새, 꽃, 풀 등 여러 가지가 그려진 그림책을 보고 싶다고 말하자, 대진현이 나를 가리키며 말하였다.

"저 사람이 필시 말을 늘어놓았군요."

나는 답했다.

"내가 보고 돌아온 후에 말씀드린 것입니다."

그가 답했다.

"이 그림은 사람들이 번잡한 곳에서 함께 보아서는 안 되니, 조용한 곳에서 혼자 보십시오. 마땅히 보내 드려 보실 수 있도록 하겠습니다."

또 비연鼻烟: 코담배 가루를 나에게 조금 주었다. 나는 물었다.

"이것은 어디에 쓰는 것입니까?"

그는 가루를 조금 집어서 콧구멍 가까이에 대고 들이쉬며 말했다.

"이같이 하면 머리와 눈의 온갖 질병과 감기에 걸려 몸이 떨리는 증상이 모두 치유됩니다. 근래에 황제께서도 저희들에게 배워 이것을 하시고, 북경 사람들 중에도 점점 배워 하는 이가 많습니다."

또 말하기를,

"신독국身毒國: 전한(前漢) 때까지 중원의 북방과 서역에 있었던 나라과 천축국天竺國: 석가가 태어난 중천축국을 포함한 5천축국은 중원中原과의 거리가 3만 리이고, 서양과 천축국과의 거리는 6만여 리입니다. 육로에는 험준한 산이 많고, 사람을 잡아먹거나 노략질하는 나라들은 지나기가 매우 어렵습니다. 큰 바다에 배를 띄워 오게 되면

한 해나 두 해 정도면 도착합니다"라고 했다.

작별 인사를 하고 나가기에 내가 문까지 이르러 전송하고 돌아왔다.

풍문에 소림과 대진현이 중국 측 역관 김사걸도 만나서, 김사걸 또한 비연을 얻었다고 한다.

_ 이기지, 『일암연기』, 1720년 9월 29일

동천주당에서 만난 비은에게 천주와 서양 화가 낭세녕 이야기를 듣다

동천주당 안 자리에 앉자 차를 내오고, 곧장 글을 아는 한인漢人을 불러 붓과 벼루를 가져다가 앞에 두고 서로 문답했다. 각자 통성명을 하였는데 그 사람은 성이 비費이고 이름은 은隱이라 했다. 코가 높고 수염이 덥수룩한 것이 소림, 대진현과 같았다.

사방의 벽에는 서양화 족자가 걸려 있었다. 벽에 걸린 두 개의 자명종이 동시에 나란히 정오를 알리며 울렸다.

내가 말했다.

"전부터 방문하고자 하는 뜻이 있어 이렇게 선생을 뵈러 온 것입니다. 지금 정성스럽게 대접해 주시니 매우 감사합니다."

비은費隱 : 에른베르트 자비에르 프리델리(Ehrenbert Xavier Fridelli)은 글자를 읽을 줄은 알았지만 직접 쓰지는 못해서, 한인을 시켜 글로 써서 답하였다.

"나는 서양으로부터 성인의 가르침을 전파하기 위해 왔습니다. 그대와 오늘 만난 것은 실로 전생의 인연일 것입니다."

나는 물었다.

"천주의 가르침이 지금껏 중국에 행해지지 않고 있습니다. 이것은 불교가 크게 유행하고 있기 때문에 그런 것입니다. 그대들은 어찌하여 황제께 아뢰어 천하의 불사佛寺들을 천주당으로 고쳐 짓고, 중들을 야소회耶蘇會*의 사도로 바꿔 놓으려 하지 않았습니까?"

그가 대답하였다.

"중국에서 천주의 성스러운 가르침을 받드는 자가 매우 많습니다. 그들은 모두 이치에 따라 마음을 보존하고 있는 것입니다. 황제께서 온갖 기무機務:기밀 사무를 처리함에 있어서도 모두 순리대로 하고 계신 것을 보면, 천주를 받드신다는 것을 알 수 있

* 예수회. 1534년 로욜라의 성 이냐시오와 그의 '영신수련'(靈神修練)에 따라 수행한 초대회원들로부터 유래하며 1540년에 로마 교황청의 정식 인가를 받았다. 1541년 4월 8일 초대 총장으로 이냐시오 로욜라(Ignatius Loyola)가 선출되었으며, 1556년 이냐시오가 죽을 때는 예수회원이 거의 천여 명에 이르렀고 4대륙에 걸쳐 사도들이 파견되었다. 한국에서는 중국식 음사(音寫) 그대로 야소회(耶蘇會)라고 일컬었다.

는 것입니다. 불교가 허탄하고 망령되어 이치에 어긋난다는 것을 사람들도 깨닫고 있습니다. 그래서 지금 북경 외의 성省에서 이미 불사를 없애고 천주당을 건립하는 자들이 있습니다."

내가 다시 물었다.

"서양의 서책들을 어째서 한문으로 번역하여 출판하지 않습니까?"

"서양의 책은 소리의 음과 장단이 일치하지 않아서, 한문으로 번역해 출판하는 것은 매우 어려운 일입니다. 하지만 이미 번역한 것들도 몇 개 있는데, 글자와 소리는 같지 않아도 이치는 하나입니다."

대답하고, 비은은 나에게 물었다.

"귀국에서는 도읍을 어디에 세웠습니까? 어떤 지역을 거쳐서 여기에 오셨습니까? 노정을 자세히 알려주시기 바랍니다."

나는 답하였다.

"우리나라는 도읍을 한양에 세웠는데 이곳은 나라의 가운데입니다. 수도에서부터 경기도, 황해도, 평안도를 거쳐 압록강을 건너고, 책문으로 들어와 왔습니다."

나는 또 물었다.

"서양에서 온 낭郎 : 주세페 카스틸리오네(Giuseppe Castiglione, 郎世寧) 선생이 황제의 행차를 따라 창춘원暢春苑에 가셨다고 들었는데,

언제 돌아왔습니까?"

"황제께서 북경으로 돌아왔기에 돌아올 수 있었습니다."

내가 다시 물었다.

"낭 선생 외에 또 서양인 중에서 그림을 잘 그리는 사람이 있습니까?"

"오직 낭 선생 한 사람뿐입니다. 중국 화가들 중에서도 서양화를 익힌 자가 매우 많지만, 서양화 수준에 매우 못 미칩니다."

내가 설화지雪花紙 : 뽕나무를 원료로 해서 겨울철에 눈을 이용하여 표백하고 초조한 고급 종이 한 장과 승두선僧頭扇 : 부채의 목 아랫부분이 중의 머리처럼 둥그렇게 된 부채 한 자루를 주자, 그가 인사를 하면서 종이를 손으로 어루만졌다. 나는 말했다.

"만일 그대가 쓸 곳이 있으면 또 보내 드리겠습니다."

"이것도 이미 많은데, 어찌 다시 주시기를 바라겠습니까?"

_ 이기지, 『일암연기』, 1720년 10월 10일

동천주당에서 본 그림책과 지도, 서양화

곁에 족자 하나가 걸려 있었는데, 그림 속 사람의 머리카락이 풀어 헤쳐진 채 사방으로 늘어뜨려져 있었다. 내가 물었다.

"이는 어떤 사람이며 머리가 왜 이러합니까?"

"이는 서양 황제의 초상입니다. 서양 법식에는 머리 위에 두 발 장식을 하는데, 이는 머리에 쓰는 모자와 같습니다."

또 세 권의 서양 그림책을 꺼냈는데 인물과 성지城池, 천주당 수십 종류를 그려 놓은 것이었다. 그림 하나하나가 같은 것이 하나도 없고 모두 기이하여 다 볼 수가 없지만, 모두 서양의 모습이었다. 지도도 꺼내어 보여 주었는데, 중국은 한자로 써 있었고 외국은 서양 글자로 써 있었다. 우리나라 지도 또한 그려 놓았는데 산천의 형세가 대체로 틀리지 않았으니, 괴이한 일이다.

곁에 천리경이 있었는데 크기가 용마루만 했고, 길이는 3장쯤으로 보였다. 나는 물었다.

"어디에 사용하는 것입니까?"

비은이 대답했다.

"이것으로 별을 보면, 별의 크기가 주먹만 해 보입니다."

그는 또 물건 하나를 꺼냈다. 원의 지름이 한 마디쯤 되었고, 나무로 겉을 둘렀다. 가운데의 안팎이 모두 유리로 되어 있었고 유리의 안쪽에는 마치 검은 비단 같은 것이 몇 겹으로 있었다. 그 물건에 눈을 대고 해를 보게 했는데, 해의 모양이 달을 보는 것처럼 분명하여 하루 종일 해를 보아도 눈이 아찔해지지 않을 것 같았다. 이것은 일식이나 일변日變 때에 해를 보는 도구였다.

또 꺼낸 물건은 수정으로 만들었으며, 길이는 두 마디 남짓 되었다. 크기는 두 손가락 크기만 했고, 세 모서리가 있었다. 그것을 콧등에다 가로로 걸쳐 놓고 해를 보자 온 하늘이 모두 푸르고 붉고 누렇고 하얀색으로 변하면서 수백 빛깔의 화려한 무지개 같았다. 금빛이 사방으로 흩어지면서 예사롭지 않은 빛깔이 하늘 가득히 아찔하게 빛나며 어지럽도록 뒤바뀌어 잠깐 동안에도 수없이 변화하였다. 다시 한쪽 모서리로 돌려서 하늘에 대자 갑자기 하늘이 맑아 보였다. 그러나 다섯 가지 빛깔은 여전히 공중에 있으면서 기묘하게 변해 더욱 기괴하고 황홀하였다. 다시 한번 돌려 보니, 하늘은 텅 비어 아무것도 없는데도 다섯 가지 빛깔이 땅 위에 있는 집 안과 담장, 건물까지 펼쳐져 보였다. 모두 금색 가운데로 들어가 나타났다 사라지는 것이 바다의 신기루 같았다. 이것은 요긴한 물건은 아니었으나 기이한 볼거리였다.

서쪽의 건물 안에 그림이 많다기에 들어가 보기를 청했더니, 사람을 시켜 먼저 들어가 무언가를 수습해 숨겨 두게 한 후에 함께 들어갔다. 그것이 무엇인지는 알 수 없었다.

네 벽에 천주와 천신의 모습을 그려 놓았는데, 북쪽 벽의 한 천신은 구름 안개 속에 있으면서 입으로 하얀 기운 한 줄기를 내뿜고 있었다. 기운이 퍼진 곳에 어린아이가 땅에 누워 있었고 그 곁에는 소 두 마리가 나란히 서 있었는데, 무슨 의미인지 알 수 없었다. 또 어떤 사람이 나무 말뚝을 지고 있었는데 나무의 모양이 십자와 같았다. 이는 곧 천주가 고난을 겪는 모습이라고 하였다.

벽 위에는 모두 족자가 있었고, 탁자 위에는 모두 감실을 만들어 놓았다. 감실 안에는 대부분 사방 한 척의 병풍이 세워져 있었는데 천주를 그려 놓고 유리로 붙여 놓아 멀리서 보면 살아 있는 사람이 그 속에서 걸어 다니는 것 같았다. 또 수정으로 만든 둥근 구슬이 있었는데 주먹만 했으며, 그 속에 상아로 천주의 형상을 만들어 놓아 영롱하고 은은히 비쳤으니 그 형상은 무어라 표현할 수가 없다.

벽 위에 자명종을 걸어 놓았는데 시각 표시가 없었고 작동하지도 않았다. 그 이유를 묻자, 이렇게 대답해 주었다.

"이것은 뇨종鬧鍾이라 하는 것으로 보통 때는 울리지 않습니다. 만약 시각을 정해 놓고 기계를 조작해 놓으면 그때가 되어 저절로 울리는데, 둥그런 축이 이리저리 돌면서 우레 같은 종소리가 나서 매우 시끄럽습니다. 오경五更: 새벽 3~5시 사이에 창춘원에 가야 하는 일이 생기면 이것을 울리게 하여 잠에서 깹니다."

등불과 화로, 칼과 도마, 자물쇠 같은 것들은 제작 솜씨가 매우 기이하고 공교로워서 이루 다 설명할 수가 없었다. 또 나무로 만든 혼천의渾天儀가 있었다. 크기는 어린아이의 머리만 하였다.

별자리와 황도黃道·적도赤道를 새겨 놓았으며, 북쪽은 높은 쪽, 남쪽은 낮은 쪽으로 하여 양극兩極을 삼았다. 구리로 지구를 본뜬 둥근 틀을 만들어 놓고 여기에 주천도수周天度數: 하늘을 한 바퀴 도는 데 소요되는 것을 숫자로 나누어 표시한 것를 새겼다. 그 위에 혼천상渾天像을 설치하였는데, 반은 지면에서 들어가 있고 반은 지면 밖으로 나와 있었다. 비스듬히 서서 돌아가는데 지면으로 나온 천체의 길고 짧음과 가득 참과 줄어드는 정도가 매번 각각 달랐다. 제작법이 정교하고 기이하여 조금도 착오가 없었다.

잠시 후 음식을 차려서 대접해 주었다. 서양 떡·서양 사탕·산사편山査片·앵두편·배·대추·포도 등이 모두 정갈하였다. 떡은 대진현과 소림이 내왔던 것과 같은 종류였다. 따뜻한 차에 담갔다가 조각내어 먹으니 마치 연한 죽처럼 부드럽게 되었는데, 이 방법은 비씨가 가르쳐 주었다.

차를 다 마시고 내가 인사하고 가려는데 길이가 1촌쯤 되는 천리경을 주었다.

_ 이기지, 『일암연기』, 1720년 10월 10일

5-4. 안남 사신을 만나다

홍려시에서의 첫만남

홍려시鴻臚寺 : 한대(漢代)부터 청말(淸末)까지 조하(朝賀)와 경조(慶弔)에 대한 예(禮)를 인도하는 일을 관장했던 관청.는 황성 동문 안에 있는데 수십 보 너비의 홍살문[紅箭]으로 둘렀다. 가운데 문을 내어 여닫게 하였다.

문으로 들어가니 안남국安南國 : 베트남 공사貢使가 먼저 홍살문 안에 들어가 한창 의식을 익히고 있었다. 그 사람들은 모두 이를 검게 칠하였는데 검고 흰 것이 얼룩덜룩하였으며 머리를 풀어 뒤로 드리우고 오모烏帽 : 오사모를 쓰고 단령團領 : 둥근 깃의 관복을 입고 있었다.

삼사신 모두 붉은 구름 문양이 있는 대단大緞 단령을 입고 통관 이하 25인은 다 청색, 녹색 단령을 입었다. 그중 두 사람은 소매가 좁은 청색 옷을 입고 청건靑巾을 썼다. 청건은 우리나라 도감포수都監砲手 : 조선 시대 훈련감 포수의 전건戰巾 : 군사들이 머리에 쓰던 두건의 하나의 제도와 같았는데, 이들은 종인從人이었다.

그들의 오모는 우리나라 제도와 똑같았으니, 삼사신은 흰 납[白鉛]으로 기화起花 : 꽃 모양을 양각함하여 오모 뒤에 붙이고 그 나머지는 황색 주석으로 붙였으나 꽃 모양을 새기지 않고 두 모서리에 꽂았다. 단령 또한 우리나라의 제도와 비슷한데 방령方領 : 넓적하게 모양 없이 단 옷깃이 아주 크고 원조사圓絛絲로 끈을 만들어 위에다 매고 아래로 드리웠다. 정사만 유독 청색 실로 옷깃을 둘렀는데 이 또한 품직이 있어 그런가 싶었다. 흉배는 당나라 제도와 같고 각대角帶도 우리나라 제도와 같았다.

그 사람들은 모두 깊은 눈에 수척한 얼굴을 하고 있어서, 마치 방금 큰병이라도 앓은 것 같았다. 이는 아마도 몇 만 리나 되는 곳을 건너오면서 물이며 풍토에 적응하지 못하고 온갖 고생을 다 겪어서 그런가 보다. 그래도 정사를 보니 완고하면서도 근엄하고, 부사들은 정결하였다. 삼사 모두 파리한 얼굴에 백발이지만 풍채가 좋고 잘생겼다. 그 수석 통역관은 나이가 비록 많았지만 한어漢語를 잘하였다. 내가 홍살문 틈으로 그 성을 물었더니 완씨阮氏라 대답하였다. 그러자 그도 우리 사신들의 관질官秩에 대해 묻기에 낱낱이 대답해 주었다.

_ 이의봉, 『북원록』, 1760년 12월 31일

안남국 사신이 배궤례拜跪禮 : 절하고 꿇어앉는 전례를 마친 후에, 우리나라 사신과 사모관대를 한 원역을 인도하여 홍살문 안으로 들이고 다른 이는 다 쫓아내었다.

배고례拜叩禮를 마치고, 안남 사신이 먼저 나가는데 그 정사는 청인의 모자를 쓰고 태평거를 탔으며 두 종들은 연잎 모양 푸른 두건을 쓰고 좌우로 나누어 앉았다. 부사와 삼사는 청건을 바꿔 쓰고 수레에 앉았는데 나머지 통관들은 혹 둘씩 앉거나 한 수레에 셋씩 앉아 있었다. 내가 제삼사의 옷자락을 잡아끌며 붓을 꺼내 써서 말하였다.

"벼슬과 성이 어떻게 되십니까?"

그가 대답하였다.

"성은 정鄭이고, 벼슬은 한림翰林입니다."

"숙소로 가야 하니, 맞아 주시기를 허락해 주십시오."

"명대로 하겠습니다."

내가 또 의관제도를 써서 물었더니 그가 붓을 들어 답을 하려 하였다. 갑군이 그 옆을 지나가자 수레에 붓을 던지고는 손으로 휘저으며 무어라 말을 하였는데, 무슨 말을 하는지 이해할 수가 없었다. 그 말하는 모양이 마치 딱따구리가 나무를 쪼는 듯했으니, 옛사람들이 '남만격설'南蠻鴃舌 : 남만(남쪽 오랑캐)의 말소리가 때까치 소리와 같다는 말이라 한 것은 이 때문이었구나, 하고 생각하였다.

우리 조선 삼사신이 문 밖으로 나오자, 역관 변헌을 보내어 안남 사신들을 맞이하였다. 모두 수레에서 차례로 내려 읍하고 정좌하였다.

우리 사신들이 말을 전하였다.

"동남이 몇 만리나 멀리 떨어져 있는데 오늘 만나 참으로 다행입니다. 사해형제四海兄弟의 뜻으로 은근함을 전합니다."

저들이 고맙다고 전하였다.

"남쪽으로 오는 데 대개 얼마간의 일정이 걸립니까?"

"수로로 1만 리이며 육로로는 9천 리가 됩니다."

우리는 또 물었다.

"어느 달에 돌아가십니까?"

안남의 정사가 이것을 관소로 돌아가라는 말로 잘못 듣고는 일제히 일어나기에 다시 앉으라 하고 분명하게 말하니 그가 대답하였다.

"내년 2월입니다."

"언제 출발하셨습니까?"

"작년 2월입니다."

이에 읍하고 헤어졌는데, 내가 뒤따라가며 그 행동거지를 살펴보니 삼행은 이미 벌써 출발했다. 혜문을 보내 나는 늦게까지 남아 안남회관에 가고자 한다는 뜻을 아버지께 전하고 안남 사신이 돌아오기를 기다리다가 말을 타고 나가 보니 그는 이미 떠난 지 오래였다.

_ 이의봉, 『북원록』, 1760년 12월 31일

안남관에서의 만남

유리창琉璃廠 서포에 앉아 혜문에게 안남관을 찾으라고 명하고 책방 세 군데에서 책을 보고 있었다. 혜문이 급히 와서 '역관 변헌이 정사의 명으로 안남관에 갔는데 바삐 가야 도착할 수 있다'라고 하였다. 드디어 말을 채찍질해 정양문으로 들어가 이현왕사貽賢王祠에 이르렀는데 마두 세팔이 마중 나왔기에 인도하라 하고 태청문을 지나 십자로에 이르렀다. 그리고 안팎으로 '첨운'瞻雲이라 써 놓은 패루를 지나 100여 보를 가서 작은 골목으로 들어가, 거의 1마장이나 가서 안남관에 이르렀다.

안남관은 우리가 묵는 관소보다 좁긴 하였으나 아늑한 맛이 있었다. 방으로 들어가니 역관 변헌과 유성택이 한창 인사를 나누고 있었다. 정사가 보낸 별선 30자루와 설화지雪花紙 30장, 대호지大好紙 세 묶음을 편지와 함께 전하였다.

안남의 삼사신이 두 사람을 대접하였는데 빈랑檳榔:과일의 일종 대여섯 개를 잘라 각이 진 그릇에 담았다. 그릇은 매우 작아 겨우 한 줌 정도 되었다. 또한 흰색의 탁한 수유酥油 같은 것을 작은 그릇에 담았는데 그 그릇은 작기가 밤톨만 하였다. 이는 빈랑과 함께 찍어서 씹는 것이라 하였다. 또 산적 모양으로 꿴 것이 있었는데, 이름도 못 들었다. 내가 왔다는 것을 듣고 변헌과 유성택이 아직 맛보지 못한 채 멈췄다고 한다.

안남의 삼사가 일어나 맞이하며 읍을 하고, 나 또한 예로써 답하였다. 삼사는 모두 청나라 모자를 쓰고, 청나라 의복을 입었다. 정사는 산호 정자頂子를 달아 썼으며 부사와 삼사는 청옥 정자 단 것을 쓰고 있었다. 모두 본국의 관직에 따라 단 것이었다. 정사는 왼손에 빈랑을 쥐고 쉴 새 없이 입으로 가져다 넣었으며 조금도 멈추지 않았다. 홍려시에서 예를 익힐 때부터 이미 그랬었다.

_ 이의봉, 『북원록』, 1760년 12월 31일

본격적 대화: 이가 검은 그들이 유교를 존중하는 여러 방법

안남의 정사는 오른손으로는 붉은 붓대[彤管]를 잡고 글씨를 쓰고 있는데, 이는 우리 정사의 편지에 답을 하려는 것이었다. 나는 붓으로 말을 대신하였다.

"귀국에서는 진씨陳氏 이후에 여씨黎氏가 왕으로 서서 풍속이 순후하여 개가 밤에 짖지 않으며 잘 때 문을 걸지 않는다고 들었습니다. 옳습니까?"

부사가 말했다.

"본국은 이미 전명前明 때부터 있었으며 지금의 왕전하王殿下는 여씨이십니다. 풍토와 민속은 참으로 깨우쳐 주신 바와 같지요. 감히 귀국 왕의 존귀한 성을 물어도 되겠습니까?"

"본국 왕의 성은 이씨李氏입니다. 귀국은 유교와 불교 중 어느 것을 더 존숭합니까?"

"본국은 삼교三敎를 다 존숭합니다. 다만 유교는 만국이 한가지로 추존합니다. 강상綱常과 예악禮樂에 있어서는 이를 버리고 다스리는 것을 용납하지 않습니다. 대국이 존숭하는 것을 생각해 보면 또한 이와 한마음일 것입니다."

"과연 그렇습니다. 귀국의 예악문물이 중화에 한 치의 양보도 없다고 저 또한 익히 들었습니다. 지금 성대한 거동과 의관의 제도를 보니 우리와 매우 비슷합니다. 그런데 머리를 풀고 이를 칠하는 것 또한 아마 의거하는 바가 있을 듯하니, 밝은 가르침을 바랍니다."

나의 이 말에 모두 부끄러워하는 기색이 드러났다. 한참 뒤에 대답하였다.

"기記에 이르기를, 오제와 삼왕이 서로 연하여 인습하지 않은 까닭에 비록 중화대국일지라도 한·당·명·송나라와 같은 여러 왕조들은 의관과 예악이 서로 같은 일이 없습니다. 본국이 예문禮文을 더하여 갖추는 데 참작손익參酌損益: 손해와 이익을 알맞게 헤아림하여, 따르는 것도 있고 고친 것도 있으니 어찌 반드시 일일이 따르기만 하겠습니까?"

내가 적었다.

"국사國史와 법령을 혹 갖고 오신 것이 있는지요? 꺼내 보여 주실 수 있으십니까?"

"만 리를 오는 행낭行囊이라 가져오지 못하였습니다."

내가 물었다.

"귀국은 이미 유교를 숭상하는데 유종儒宗으로 이름난 이들 가운데 누가 가장 뛰어난 분입니까? 또한 저술이 있어 후대에 알릴 만한 분이 있습니까?"

"선대를 묻는 것입니까? 아니면 지금을 묻는 것입니까?"

"고금을 통틀어 묻는 것입니다."

"옛 대유大儒와 명현名賢들은 이루 다 헤아리지 못합니다."

"유종이 배출되었다는 것은 이미 들었습니다. 홍유석사鴻儒碩士로 그 가운데서 출중한 이가 어찌 이루 다 손꼽을 수 없을 만큼 많지 않겠습니까?"

"본국의 경륜과 도학에 있어 큰 선비로서는 완치阮廌, 완병겸阮秉謙, 풍극관馮克寬, 완충언阮忠彦, 장한초張漢超 제공諸公 등이 있습니다."

내가 썼다.

"모두가 정주程朱를 스승 삼았을 터인데, 경전의 뜻을 밝힌 자들이 있습니까? 만일 그들이 저술한 서적 가운데 후대에 알릴 만한 것이 있다면 써서 보여 주시기 바랍니다."

그들이 대답했다.

"지금 사신의 신분으로 와서 그 책을 가져오지 못하였습니다. 단지 중화대국은 인재들이 많이 나는 바라, 후현後賢들이 적지 않고 저술이 반드시 풍부할 것입니다. 때문에 신서新書를 구입해서 의견이 어떠한지 보고자 할 뿐입니다. 성대한 정과 고아한 뜻을 알겠으니, 우리 안남의 문자를 보고자 하신다면, 그저 제가 지은 책 한두 권이 있으니 지루하실 것을 헤아리지 않고 드려 가르침을 청하고자 합니다. 어떠하십니까?"

"다행입니다. 다행입니다."

그가 다시 대답했다.

"오늘은 바쁘니 내년에 가르침을 받고자 청하는 것을 허락해 주시지요."

"귀국의 관제官制와 과규科規: 과거 보는 법칙는 어떠합니까? 소상하게 들려주실 수 있으신지요?"

삼사가 말하였다.

"모두 천조天朝: 청나라의 것을 따릅니다. 다 말씀드릴 수는 없습니다."

"사람을 등용함에 교목喬木: 세도가를 의미함과 초망草莽: 초야를 의미함을 의논치 않습니까?"

"교목과 초망에는 절로 등급이 있는 법인데, 어찌 의논하지 않겠습니까?"

이내 일어났다. 내가 부사에게 물었다.

"귀국에서는 1년에 이모작을 하고, 형벌에도 죽이는 것을 금하지 않는다고 하던데, 믿을 만한 것입니까?"

부사가 대답했다.

"『도경지략』圖經志略 같은 책에 외국 풍속을 기록한 것은 다 믿을 만한 것이 못 됩니다. 그중에 다 기록하지 못한 것도 있으니, 귀국과 우리 안남국이 각각 동남쪽 한 모퉁이에 있어서 정통을 서로 전함이 천백여 년입니다. 풍속을 좋게 하여 교화를 이루지 않으면 어찌 사람의 마음을 유지하며 나라의 형세를 평안케 할 수 있겠습니까? 중화의 책들 또한 이런 것들을 다 엮어 내지 못하였다고 생각합니다."

내가 말했다.

"벼를 두 번 심으며 누에는 세 번 친다고 하던데 맞습니까?"

"기에 이르기를, 벼를 두 번 심고 누에를 여덟 번 친다고 하였습니다."

"귀국에서는 여씨가 보위에 오른 지 몇 대, 몇 년이나 되었습니까?"

"귀국의 이씨 왕은 명나라 홍무 연간1368~1398에 즉위하셨고 본국의 여왕黎王은 영락 연간1402~1424에 즉위하였으니 또한 동시대입니다"라 하였다.

_ 이의봉, 『북원록』, 1760년 12월 31일

안남 사신과의 헤어짐: 등과 부채로 알려 주는 기술력과 우의

날이 저물어 갈 때까지, 말은 끝이 없었다. 돌아간다고 하니까 우리에게 부채 하나와 등燈 하나씩을 주었다. 부채는 상아로 살을 만들고 대모玳瑁: 거북 등껍질로 잠簪: 살을 꽂는 곳을 만들어, 중의 머리 모양이었으며 흑색 태지苔紙로 그 겉을 발랐다. 그 종이는 왜지倭紙: 재래종이보다 매끄럽고 바탕이 얇은 종이와 비슷하였다.

등을 만든 제도 역시 왜의 물건과 비슷하였는데 청색 깁으로 발랐으며 윤기가 흘러 푸른 유리와 같았으니 어떤 기술을 써서 그렇게 만들었는지 알 수 없었다.

인사하고 방문을 나오는데 행랑에 사신이 타고 온 교자가 놓여 있었다. 그 모양이 태평거 같았는데 두 채를 허리 쪽에 꿰었다. 가늘게 직조한 등자 가죽[鐙皮]으로 그 4면을 막아 앞에 작은 창을 달아 여닫기 편리하게 하였다. 짐승의 가죽으로 덮개를 만들고 칠을 하였는데, 비둘기장 같아 매우 기묘하였다. 듣자 하니 운남성雲南省에서부터 역마를 교체하여 왔다고 하였다.

안남 사신 숙소 동편의 작은 방으로 들어가니 삼사가 거처하는 곳이었다. 캉 위에 방장房帳 : 방에 두르는 휘장을 쳤는데 방장은 황색 면포로 만들어 우리나라 것과 비슷했다. 그 곁에는 또한 책 여러 권이 놓여 있었다.

정사의 성명은 진휘밀陳輝泌이며 부사는 여귀돈黎貴惇이요, 삼사는 정춘주鄭春澍인데 그 또한 '부사'라 칭하였다.

_ 이의봉, 『북원록』, 1760년 12월 31일

5-5. 유구 사신: 청 궁궐 조참례의 앞뒤 짝꿍

유구琉球 : 오키나와는 중국의 동남쪽 바다 가운데 있으며, 우리나라와는 바다를 사이에 두고 이웃하고 있다. 이번 행차에는 오직 유구에서만 조공을 바치었다.

12월 31일, 사신 일행이 홍려시에 가서 의식을 연습하였는데, 유구의 사행이 먼저 와 있었다. 내가 통역들을 따라가서 보니, 누런 모자를 쓴 자가 세 사람, 검은 모자를 쓴 자가 여덟 사람이었다. 누런 모자를 쓴 자는 모두 무늬 있는 검은 비단으로 소매가 넓은 옷을 입었는데, 길이가 무릎에 닿았다. 두 사람은 누런 띠를 띠었고 한 사람은 붉은 띠를 띠었다. 누런 띠를 띤 이가 사신이고 붉은 띠를 띤 자는 통사였다.

모자의 제도는 누런 무늬의 비단을 10여 겹이나 돌려서 어긋나게 묶었는데, 속은 높고 밖은 낮으며 위에는 마룻대가 있어서 나직하게 관 속으로 들어가 마치 우리나라의 금관金冠 제도와 비슷했다. 띠의 너비는 5~6치로서 허리를 감아서 앞에다 맸고, 두 끝을 옷에다 가지런히 내려뜨렸는데, 모두 금실로 무늬를 짰다.

머리는 묶어 상투를 만들고, 밖을 향하여 둘렀다. 마치 중국 여자의 쪽진 머리와 비슷하였다. 두 개의 비녀를 상투에 꽂았는데, 하나는 가로로 질렀고 하나는 세로로 세웠다. 망건은 쓰지 않고, 발에는 신을 신었으며, 안에는 소매가 좁은 옷을 입었다. 마제馬蹄 : 말발굽와 수구袖口 : 소매 끝가 모두 오랑캐의 제도와 같았다.

상사는 말끔하고 수염이 적었으며, 선비의 고상하고 우아한 기상이 있었다. 부사는 나이 많은 노인이었는데, 모두 진중하고 행동을 조심하였으며, 거칠거나 사나운 뜻이 없어 보였다.

두 사신이 모두 비단 자리를 깔고 중당에 앉았다가 나를 보더니, 자리를 피하며 몸을 굽혀 공손히 읍을 했다. 이때, 통역들과 각종 심부름꾼들이 서로 밀며 앞으로 나오려 하기에, 내가 그들을 꾸짖어 물리치느라 미처 답례를 하지 못하였다.

당 안이 매우 떠들썩하고 시끄러워, 두 사신과 여러 종들은 모두 놀라고 두려워하여 어찌할 줄을 몰랐다. 내가 상사를 이끌어 자리에 앉게 하고, 땅바닥에 글씨를 써서 말을 통하려 하는데, 청나라 역관 두어 사람이 당 안의 난잡함에 화가 나서 주먹을 휘둘러 제지하였으므로 나도 어쩔 수 없이 물러서 돌아왔다.

의식을 연습할 때, 3인만이 나아가 참여하도록 하였다. 두 사신은 앞 열에 있었고, 통사는 혼자 뒤에 있었다. 상사는 나아가고 물러설 때 조심조심하고 두려워하는 얼굴빛이었다. 옹졸하고 기가 짧은 사람이라 하겠다.

_ 홍대용, 「번이수속」(藩夷殊俗), 『담헌연기』, 1765년 12월 31일

1월 1일, 새벽에 대궐에 들어가 조참朝參하기를 기다릴 적에, 부사가 통역들을 시키어 유구의 종을 불러와 글로 물었다.

"귀국은 바다를 건너 몇 천 리를 와야 중국의 땅에 들어오게 되는가?"

유구 사람이 대답하였다.

"저희들은 뱃길 5천 리를 와서 복건성福建省에 상륙했습니다."

쓰기를 채 끝내지 못하였는데 오문午門에서 종이 울렸다. 황제가 곧 나오려는 모양이었다. 청측 역관 서종현이 사신을 독촉하여 나오게 하였으나, 부사는 앉은 채로 응하지 않았다. 유구 사람이 글자를 쓰고 있는 것을 보자, 들어와 그를 밀치고 발길로 차면서, "나를 죽일 작정인가"라고 하자 유구 사람은 크게 놀라서 달아났다. 부사는 몹시 성이 났지만 어떻게 할 수 없었다.

황제가 전상殿上에 앉자, 우리 사행이 모든 관리를 따라 오문으로 들어갔다. 유구 사신의 좌석은 우리 사신의 뒷자리가 되었으며 유구 사신의 종들은 모두 들어오지 못하였다.

내가 한 역관에게 같이 말할 사람을 데려오라 했더니 한 사람이 왔는데, 중국말에 능하였다. 그가 말하였다.

"나는 통사가 아닙니다. 복건성에 온 지 반 년 만에 연경에 들어오게 되었는데, 연로沿路에서 중국말을 배워 익혀서 하는 것입니다. 우리나라에도 중국의 글이 있는데, 글자는 같지마는 음이 다르며, 왕의 성은 상씨尙氏입니다."

이때에 조참이 벌써 끝났으므로 긴 말을 하지 못하였다.

_ 홍대용, 「번이수속」, 『담헌연기』, 1766년 1월 1일

1월 22일, 유구관을 찾아갔다. 관은 정양문 밖 동남쪽 7~8리 밖에 있었다. 마침 제독이 아문에 앉아 있었으므로, 서반序班들이 단속을 엄중히 하여 들어가지 못하게 하였다. 그 뒤에 대사에게 청을 하여 다시 찾아가려 하였으나, 유구의 사신이 돌아간 지 벌써 여러 날 뒤였다.

_ 홍대용, 「번이수속」, 『담헌연기』, 1766년 1월 22일

5-6. 야만의 야만 ① : 냄새로 알아채는 회국인

왼편 작은 골목 어귀에 회자국回子國: 위구르 사람 두어 명이 무리지어 있었다. 아이를 안고 있기도 하고 막대를 짚고 나와 골목 어귀에 서 있었다.

그 모습 또한 눈이 깊고 얼굴이 여위어 보기에 매우 추하고 사나워 보였고, 짐승과 사람 사이에 있는 것처럼 노린내가 몇 칸 밖에까지 끼쳐 왔다.

그들이 쓴 모자는 담비나 쥐의 털로 둥글게 한 폭을 만들고 말아서 합하여 꿰매 놓았으니 길이는 7~8촌이며 너비는 2촌에 미치지 못하였고, 양 끝이 별스럽게 뾰족하였다. 또 붉은 모직으로 모자를 만들어 쓰기도 하였는데 그 모양이 우리나라 탕건 모양과 비슷했다.

그들 중에 직품이 있는 자는 정자頂子와 취우翠羽: 물총새 깃 등을 달았고 의복은 모두 청인을 따랐는데 잡색 문양이 있는 비단으로 만들어 입은 자가 많았다.

이들은 당나라 때 회흘回紇의 후손들이며, 몽고의 별부別部이니 '회회'回回라고도 일컫는다. 청인이 중국의 주인이 된 후 반복무상反覆無常 : 이랬다 저랬다 함하더니 수년 전에 군사를 보내서 쳐서 멸하고, 그 남녀를 사로잡아 장수에게 관직을 주어 팔기八旗에 매이게 한다고 하였다.

_ 이의봉, 『북원록』, 1760년 12월 31일

5-7. 야만의 야만 ② : 야만하지만 무시도 할 수 없는 몽골인

몽고인은 청인과는 아주 다르게 생겼다. 광대뼈가 튀어나오고 눈이 푸르며 수염이 붉다. 그리고 모두 사납고 거칠며 집에서 살지 않는다.

아주 추운 때라도 수레 위에 장막만을 치고 길에서 자며, 아침에는 눈을 털고 일어난다. 배가 고프면 다만 낙타의 고기를 먹을 뿐이고 또 개와 한 그릇에 먹는다. 강한強悍하고 추악하기가 이와 같기 때문에 청인들은 모두 두려워하고 천하게 여긴다.

그래서 꾸짖고 욕할 때, 그를 몽고 사람에게 빗대면 큰 욕이라고 벌컥 성을 내니 몽고인을 사람으로 대접하지 않는다는 것을 알 수 있다.

그러다가 강희제 때로부터 점점 친근한 뜻을 보여 딸을 낳으면 반드시 시집보냈다. 종친왕의 딸도 시집보내어 이름을 양공

主養公主라 하고 은단銀緞 · 우마를 많이 보내 주었다.

그런데 거처와 음식이 중국과 판이하기 때문에, 처음 시집가면 청인들이 모두 가서 집을 지어 주고 살게 해도 오히려 눈물을 흘리며 그곳에 살기를 싫어한다. 그러다가 오래되면 그 생활에 익숙해져서 오라고 청해도 자주 오지 않는다고 한다. 존귀한 황제도 그들과 친하게 여기며 좋아함이 이와 같고 또 높은 벼슬을 주어 그들을 묶어 놓고 있으니, 어찌 속으로 두려워하며 밖으로 호의를 보이는 것이 아닌가! 앞으로 그들이 더욱 성하여 차츰 스며들어 안으로 들어오면 그 칼날이 향하는 곳은 대적하기가 어려울 것이니, 어찌 순망치한脣亡齒寒의 근심이 없을 줄을 알겠는가.

그들의 관사는 옥하관 북쪽에 있다. 관사에 있는 자는 낙타를 타고 길 위를 이리저리 돌아다닌다. 들으니, 그들의 사정은 다음과 같다고 한다. 즉 관사의 사면을 흙담으로 둘렀고 지붕은 없다. 넓은 마당은 텅 비어 있고 10여 개의 전막氈幕 : 천막이 벌여져 있을 뿐이다. 자고 거처하는 곳에는 타는 낙타 수십 필만이 담 아래 누워 쉬고 있다.

막 안은 둥글고 10여 인을 수용할 만한데, 양 가죽과 잡털 갖옷[雜毛裘]을 두루 깔고 아래에는 석탄을 피운다. 막의 꼭대기는 덮개를 걷어서 햇빛을 받고 겸하여 연기를 통한다.

본국은 연경에서 3,000리인데, 낙타를 타고 가면 한 달 만에 연경에 도달한다고 한다. 그 왕자王子가 말을 타고 거리에 나와도 위엄이 별로 없다. 청인들은 모두 말을 달려 스쳐 지나가는데, 몽고 사람들은 바라보고 모두 말에서 내리니, 저희들 중에도 윗사람이 지니는 위엄은 있는 것 같다.

_ 이압, 「문견잡기 하」, 『연행기사』, 1777년

몽골인은 거칠고 사나우나, 문학文學이 있으면 내지로 들어가서 연경에서 벼슬을 한다. 궁관宮觀이나 사찰에 있는 자는 몽고 사람이 반이니, 건륭제에게는 맘속의 걱정이 이보다 큰 것이 없을 것이다.

어린아이들 노래에 '붉은 꽃 다 지면 누런 꽃이 핀다'紅花落盡黃花開라는 구절이 있는데, 붉은 것은 투구를 가리키며 누런 것은 몽고 사람이 누런 옷을 입는 것을 가리키므로 그렇게 말하는 것이다. 아라사 사람은 비록 장대하고 힘이 세더라도 짐승과 다름없어 염려할 것이 못 된다.

_ 김정중, 『연행록』(燕行錄), 1792년 3월 16일

5-8. 야만의 야만 ③ : 벽안의 야만, 대비달자

이날 대비달자大鼻㺚子: 러시아 사람. 코가 커서 '대비'라는 이름이 붙음가 도성에 들어 왔는데, 안정문安定門으로부터 이 거리를 거쳐 갔다.

역관과 역졸 들이 거의 다 나가서 구경했다. 백여 명의 사람들이 모두 말을 타고 피립皮笠: 가죽 삿갓을 쓰고 황색의 수놓은 옷[繡衣]을 입었으며, 코는 높고 눈은 푸르며 머리털은 황색이고 광대뼈가 튀어나왔다. 모두들 큰 키에 칼을 차고 활과 화살, 조총을 지녔다고 한다. 말 또한 매우 컸으며, 병졸 수백 인이 에워싸며 갔다고 한다.

이자들은 청나라 사람들도 제어하기가 어려워, 제멋대로 오간다고 한다. 도성에 들어오면 관소에 머물렀는데, 대부분 멋대로 외출하여 길 가는 부녀자를 납치해서 여럿이서 음행을 저질렀다. 저잣거리의 물건을 제멋대로 빼앗고는 조금만 뜻에 거슬려도 곧장 칼을 뽑아 공격하여 이곳 사람들도 호랑이를 본 듯

두려워한다.

역관 이추는 다음과 같은 말을 했다.

"그들은 금수와 다를 바가 없어, 몹시 추운 겨울에도 옥하관 우물 속으로 뛰어들어가 목욕하고 나오며 그 우물물을 그대로 마십니다. 건물이 있어도 들어가지 않고, 모두 땅바닥에 거처하며, 메밀가루로 떡[餠]을 만들고 불에 살짝 구워 재 묻은 채로 먹습니다. 이곳에 와서 매매하는 일이 끝나면 돌아갑니다. 이때 관아에서는 고거雇車: 삯을 주고 빌린 수레를 내어 물건을 싣고 가서 국경에 이르러 넘겨주고서 돌아옵니다. 이전에는 해마다 북경까지 들어올 수 있게 하였는데 사람들이 견디기 어려워하여 황제가 그들을 국경에서 열리는 개시開市에만 오게 하고, 십 년에 한 번 북경에 들어와 조공하게 했습니다. 올 때마다 늘 그들 우두머리의 그림을 가지고 와서 아침저녁으로 참배를 합니다."

_ 이기지, 『일암연기』, 1720년 10월 29일

5-9. 호인과 한인: 영원한 이분법

내홍대용가 다시 물었다.

"호인胡人과 한인漢人 간에 통혼을 합니까?"

팽관彭官: 자는 노의(魯宜), 호는 장사(莊士)이 대답했다.

"통혼하지 않습니다. 경성에서 남쪽 지방은 서민들도 통혼치 않지만, 관동 지방에는 혹 통혼하는 이가 있는 것 같습니다."

_ 홍대용, 「오팽문답」(吳彭問答), 『담헌연기』, 1765년 12월 23일

정치 담론서부터 혼인까지

명나라가 망한 지 이제 거의 100년이나 되어, 왕의 은택이 이미 다하고 유민도 다 죽었다. 모두가 한족을 생각하는 마음을 가지고 있는지는 알 수 없으나, 청인의 문화를 받아들이는 것을 한인은 아직도 부끄럽게 여기고 있다. 또 청인이 한인을 대접하는 것

이 노예라든가 여타 외국인만도 못하여, 수용하는 법전과 용권用權: 권세를 부림하는 길이 청인과는 스스로 구별된다.

전쟁이 나면 한군漢軍을 선봉에 몰아 반드시 죽을 땅에 두고, 싸움에 이기면 한군에게 주는 상은 가장 박하다. 기타 모든 일에 있어서 그렇지 않은 것이 없으니 한인이 어떻게 그들에게 마음으로 복종하겠는가? 들으니, 순치順治: 청 세조 때 연호 초년에 한인이 머리 깎는 일을 싫어하여, 온 집안이 의義를 따라 거절하거나 문을 막고 종신토록 가까운 친척도 보지 않았으며, 혹은 바다로 도망하고, 혹은 산으로 숨어, 슬프고 애절한 일이 많았다 한다. 아마도 당시에 청 세조에게 귀복歸復하는 자를 사람들은 엄격히 배척하였을 것이다.

그러나 시간이 지나가니, 당초 의리를 지키던 선비도 혹 처음엔 깨끗했지만 뒤에는 더러워진 자가 많아졌다. 그래서,

> 서산 고사리 씹으며 처사인 척하더니 西山薇蕨喫精光
> 하루아침에 이제백이·숙제가 산을 내려왔네 一朝夷齊下山來

라는 시를 지어 조롱한 이가 있었다. 우통尤侗은 또 「서산이문」西山移文을 지었었다. 우통은 본래 명나라 말년의 명사名士인데, 여러 번 응시하여 합격하지 못하다가 청 순치제가 강남에 내

려오던 초년에 곧 과거에 응했던 사람이다. 따라서 이 때문에 당시 배척을 당하였기 때문에 이런 시를 지어 헐뜯은 것이 아닌가 싶다.

시대의 변화와 문물이 바뀐 데 있어서는 돌이켜보며, 하늘을 우러러 분해하고 슬퍼하지 않을 수 없어 보는 자로 하여금 눈물이 나게 한다. 강남의 경물景物은 비록 예와 같지만 어떻게 지난날의 일을 볼 수가 있겠는가. 우통 같은 자는 제일 먼저 청인에게 붙고 강희청 성조에게 인정을 받아 영광과 총애가 지극하였었다. 그래서 그 문집에는 청인을 찬양한 말이 많으나, 명나라 말년을 살았던 사람들의 비문을 지을 때는 청나라 조정에서 벼슬을 더해 준 것을 영광으로 여기지 않았다.

강희제가 명나라 사기를 편수하기 위해 산림에서 글 읽고 가르치는 선비를 초빙하여 함께 이를 편집하게 하였을 때도 강남의 선비들은 기꺼이 나오지 않았었다 한다. 이것으로 본다면 선비들의 생각은 아직도 다 죽지 않은 것인가?

오랑캐 풍속은 대개 검소하고 인색하기를 힘쓴다. 그래서 음식에 두 가지 고기를 먹지 않으며, 옷은 검은 포목을 쓰고, 집에 2년의 저축이 없으면 가난하다고 칭한다. 또 모두 종사하는 일에 부지런하여 감히 놀고먹지 않는다. 그래서 재용財用이 항상 넉넉하니 우리나라에서 따라가지 못하는 점이다. 한인은 가난

한 자가 많다. 그래서 제반 잡술雜術하는 사람과 길에 다니며 구걸하는 무리를 보면 태반이 한인이라고 한다.

남자 호인은 모두 구레나룻이 드문드문하고 수염이 난 자는 없다. 들으니, 그 풍속이 27세 이전에는 모두 수염을 깎고 28세부터 비로소 기른다고 한다. 남녀를 막론하고 곰보는 심히 드물다. 우리나라처럼 두진痘疹 : 마마이 성하지는 않은가 보다.

_ 이압, 「문견잡기 하」, 『연행기사』, 1777년

6부

기상천외한 이야기들

6-1. 풍류남아, 무관 유봉산

무관 유봉산의 등장

의주에서 기생들을 불러 앞에 세우고 술을 먹인 뒤에 이름을 물으니, 가장 잘 뽑은 자는 시영時英, 그 다음은 신례信禮라 했으며, 나머지는 기억할 수 없다. 다음엔 기생들에게 노래 부르기와 술 따르기를 명했다.

얼마 뒤에 다시 도포를 입고 썰매를 타고 구룡정九龍亭으로 가는데, 유봉산柳鳳山이 뒤따라 이르렀다.

_ 김창업, 『연행일기』, 1712년 11월 25일

심양에서 머물다. 식후에 유봉산과 함께 말을 타고 대로에 나가 시가를 구경하였다.

_ 김창업, 『연행일기』, 1712년 12월 7일

여자, 하면 유봉산

영원위에서 주인집 부녀자들이 안방에서 밥을 먹는데 그중 한 사람의 얼굴이 예뻤다. 유봉산이 좋아하며 의자를 끌어다가 그쪽 문 앞에 앉으니, 동행들이 모두 손가락질하며 웃어 댔지만 꿈쩍도 하지 않았다.

산해관 지나 찰원은 내성內城의 서문 안 북쪽에 있는데 퇴락한 옛날 집이었다. 상사와 부사는 동서로 나누어 들었고 서장관은 서쪽 행랑채에 들었다.

올 때 서문 안에서 10여 세의 여아가 문에 서 있는 모습이 단정하며 수려하니, 이번 오는 길에서 처음 보았다. 또 20여 세 나는 어여쁜 두 여인이 있는데 모두 아름다웠다. 내가 유봉산에게 말하였다.

"그대도 저러한 여인을 보았는가?"

유봉산이 대답하였다.

"못 볼 리가 있겠습니까? 상건尙建을 시켜 나오게 하였지요."

상건은 병졸의 이름이다. 군뢰는 나팔을 쥐고 앞서 가며 그 뒤를 전배군관前陪軍官이 따르는 것이 상례다.

촌락과 점방을 지날 적마다 유봉산은 상건을 독촉하여 나팔을 불게 한다. 나팔 소리가 나면 구경하는 여인이 나오기 때문이다. 그러나 유봉산은 앞에서 먼저 지나가기 때문에 뒤늦게 나온 사람은 간혹 보지 못하는 수가 있으므로, 그것을 늘 아쉬워하던 터였다.

_ 김창업, 『연행일기』, 1712년 12월 15일

시 같은 건 난 몰라요

유관楡館 주인집 벽에 시 한 수가 있었다.

마힐은 후배요 우군은 선배이니	後生摩詰右軍先
당과 진은 수백 년 차이	唐晉相間數百年
이제 보니 우군이 선배가 아닐세	莫是右軍先有覺
그러기에 마힐의 시구를 썼지	故書摩詰一詩聯

그리고 뒤에 한 줄 쓰기를, '진나라의 우군이요 당나라의 마힐인데 앞사람이 뒷사람의 시구를 쓰다니! 모두가 돌을 새기는 자의 착오다'[晉右軍唐摩詰先人書後人詩句莫非鐫石者錯誤也耶].

유봉산이 보더니, 알아차리지 못하고 나에게 묻기에 뜻을 자세히 설명해 주었다. 이는 왕유王維: 당나라 시인, 자는 마힐의 시를 새기고는 우군右軍: 진나라 문인, 왕희지의 글씨라고 가칭한 것을 비웃은 뜻이었다.

_ 김창업, 『연행일기』, 1712년 12월 19일

바둑도 잡기라서 관심이 있다오

사하역 삼황묘 등을 구경하였는데, 유봉산, 신지순, 김덕삼도 역시 따라왔다.

마루 위에 바둑판이 있기에 주인과 대국하게 하였더니, 두는 법은 우리나라와 꼭 같은데, 다만 첫머리에 배자排子 : 맨 처음 아홉 돌을 놓는 것하는 것이 없다. 두 사람의 수가 모두 졸수였으며, 유봉산도 졸수였는데 옆에서 훈수하니, 주인이 잘 둔다고 말하므로 웃음이 나왔다.

_ 김창업, 『연행일기』, 1712년 12월 21일

본직은 무관

봉산점蜂山店 전혜창田惠蒼은 또 물었다.

"귀국의 무관은 의관과 품급이 이 관원과 같습니까?"

'이 관원'이란 마침 옆에 앉아 있는 유봉산을 가리켜 한 말이었다. 나는 답하였다.

"이분은 우리나라의 무관으로, 무예로써 과거하여 이미 4품으로 지주知州: 주(州)의 장관을 말한다를 역임했으며, 평상시에는 소매 넓은 답의褟衣를 입지만, 먼 길을 갈 때이거나 진영陣營에서는 그러한 복색을 합니다."

"철갑은 없습니까?"

"철갑도 있습니다. 다만 천하가 태평하고 우리나라에 도적이 없기 때문에 쓸 곳이 없어서 모두 간직하여 두었습니다."

_ 김창업, 『연행일기』, 1712년 12월 24일

여자, 하면 역시 유봉산

북경에서 식후에 또 물을 길러 나갔다. 원건·선흥·귀동이 모두 따랐고, 갑군은 앞서 부채를 선사한 자가 따랐다. 이날 만상군관灣上軍官 차준걸車俊傑 역시 함께 나왔는데, 말을 타고 앞서서 옛길을 따라갔다. 노상에 여인들의 왕래가 앞서보다 더욱 많았다.

유봉산이 앞서 여인들을 보기 위하여 나온 일이 있는데, 만약 오늘 본 것을 이야기한다면, 같이 오지 못했다고 한스러워할 것이다. 매번 미녀를 볼 때마다 문득 유봉산 생각이 나서 돌아와 이 일을 이야기하고 한바탕 웃었다.

_ 김창업, 『연행일기』, 1713년 1월 10일

북경에서 식후에 서장관이 방문하고 갔다. 저녁 식사 후에 서쪽 뜰을 거니는데 서장관이 또 와서 함께 의자를 놓고 앉아 이야기 했다. 유봉산이 또 왔다. 어제 들으니, 중국 측 역관들이 김중화에게 말하였다.

"황제가 몽고인으로 사위를 삼으려고 하는데, 조선은 황제가 더욱 우대하는 바이니, 만약 그대들이 사위가 되기를 청한다면 황제가 어찌 허락하지 않겠는가?"

서장관이 마침내 이 말을 가지고 유봉산을 조롱하여 모두 한바탕 웃었다. 대개 청인들이 몽고인들을 비록 짐승과 같이 보나 황제가 딸을 주어 아내로 삼게 하니, 중국 측 역관들이 이것을 언급할 때마다 아까워해 마지않더라고 한다. 내가 말했다.

"소무蘇武: 중국 한나라의 충신. 흉노에 사신으로 갔다가 볼모로 수십 년간 잡혀 있었음와 같은 큰 절개를 가진 사람도 오히려 호녀를 취해서 자식을 낳기에 이르렀는데, 지금 황제의 사위가 된다면 무슨 상관이 있겠는가?"

여러 사람들이 다 웃었다. 내가 또 말하였다.

"그러나 지금 같으면, 소무가 돌아온 뒤에, 대간들이 반드시 행실이 바르지 못하고 나라를 욕되게 했다는 것을 죄목으로 삼아 준엄하게 공격할 것이다."

여러 사람들이 또한 옳다고 했다. 내가 또 말하였다.

"비록 그러하나, 소무는 황야에서 눈을 씹고 털을 삼킬 때, 색념色念이 어디로부터 났겠는가? 이로 본다면 소무의 색욕은 역시 유봉산보다는 더한 것이었나 보다."

하니, 여러 사람들이 다 포복절도하였다.

_ 김창업, 『연행일기』, 1713년 1월 15일

6-2. 군노 삽살, 스트리트 파이터

삽살의 첫 등장

십삼산을 지나 점사店舍와 찰원察院에 도착해 보니 너무 낡아서 들어가지 못하고, 한인漢人 조사현趙士賢의 집으로 들어갔다. 집이 매우 깨끗하고, 기물들도 산뜻하고 고왔다. 마을 여자 여러 명이 와서 김 의원에게 병에 대하여 물었다.

부사와 서장관이 아버님을 찾아뵈었다. 군노軍奴 삽살颯殺이 말에게 먹일 풀과 날고기를 받아 왔는데, 관례대로라면 역승驛丞에게 고기 50근을 주어야 함에도 이번에 단지 30근밖에 주지 않아, 청인과 서로 시비를 벌이다 매를 맞았다고 한다. 때린 청인이 오히려 스스로 자신의 옷을 찢고는 군노와 함께 와서 정사인 아버님께 하소연하였는데, 아버님께서는 두 사람 모두 아역衙譯: 통관이 겸직, 역관 마패麻貝: 중국 측 호위관가 있는 곳으로 보내도록 하셨다.

_ 이기지, 『일암연기』, 1720년 9월 3일

권법고수 삽살, 연경에서 존재를 뽐내다

관사에 돌아왔는데 날이 아직 일렀다. 숙소인 법화사의 승려가 역인役人을 부렸는데 두 사람은 권법을 하는 듯하였다. 두 사람 모두 파락호·무뢰한으로 승려에게 기식하면서 땔감을 구하고 물을 길어 놓는 일을 하였다. 마치 『수호전』水滸傳에서 채마밭에서 일하는 노지심魯智深이 사귀던 자들과 같았으니 불량하고 제멋대로이며 오만했다.

군노 삽살 또한 권법을 할 줄 알아서, 주먹질과 발길질이 한두 차례 오가더니 바로 역인의 옷깃을 잡고는 이리저리 끌다가 개구리처럼 땅에 던져 버렸다. 그 인간이 또한 부끄러워하며 달아나 버리니, 보는 자들이 모두 통쾌하게 여겼다.

_ 이기지, 『일암연기』, 1720년 10월 14일

삽살의 마지막 전투: 일당백의 신화

저녁을 먹은 후에 문 앞이 시끄러웠는데 청인 하나가 갑자기 뛰어 들어와 상사에게 호소하였다. 마두배가 끌고나가, 필사적으로 들어오는 것을 막았다.

어떻게 된 일인지 물었다. 청의 군졸들이 해가 지기 전에 문을 닫자 군노 삽살이가 "들어올 사람 중 아직 이르지 않은 자가 많으니 문을 닫아서는 안 된다" 말하며 서로 다투었는데, 군졸들이 곧 삽살을 두들겨 팼다.

삽살이 본디 날래고 건장하여 몇몇 사람을 때렸는데, 모두 얼굴이 깨졌다. 갑군의 무리들이 일시에 같이 삽살을 때렸다. 쇄마구인刷馬驅人 : 말몰이들은 삽살이 곤욕을 당하는 것을 보고 일제히 일어나 주먹으로 저지하였다.

제일 심하게 맞은 청인 하나가 죽은 척 가로 눕자, 모든 호장胡將이 그가 죽었다면서 위협하였다. 우리 구인驅人 한 명이 그 호인의 가슴을 깔고 앉아 그 입에 오줌을 누려 하자 그 호인이 곧바로 머리를 돌려서 피하여 그가 죽지 않은 것을 들키고 말았다.

싸움이 아직 끝나지 않아서, 맞아서 얼굴이 깨진 청인 한 명이 크게 소리치며 상방에 뛰어 들어왔고 마두가 끌어내려 하자 기둥을 잡고 필사적으로 저항을 한 것이었다. 청인 하나는 우리 말몰이꾼들이 털모자를 빼앗아 갔다고, 끌려가면서도 시끄럽게 호소했다.

아버님이 병방兵房 들에게 나가서 진정시키도록 하고, 그 일을 일으킨 삽살에게 곤장을 쳤다. 삽살이 곤장 세 대를 맞았는데도, 여전히 소란은 진정되지 않았다. 잃어버린 모자 대신 부채 두 자루를 주니, 구타당한 두 사람이 곧바로 잠잠해졌다. 이곳 사람들이 이익을 좋아하는 것이 대부분 이와 같다.

_ 이기지, 『일암연기』, 1720년 12월 14일

6-3. 한량 역관 홍명복

홍명복, 도화살의 화신

가산嘉山에서 30리를 가서 납청정納淸亭에 이르러 말을 먹이고, 또 40리를 가서 정주定州에서 잤다.

아버지께서 일찍 일어나서 화담탕을 드셨다. 역관 홍명복이 먼 길에서 이르렀으니, 오로지 마음에 둔 기생 하나만을 원했다. 그러나 그 사람됨이 날로 먹기를 좋아해 재작년에도 안주의 기생 도화선桃花仙과 잘 놀아 보려다가 낭패를 당하더니 어제 또 본읍의 기생 도화춘桃花春과 만나 볼 약소노 다시 어그러지고 말았다. 그래서 꽤나 앙앙불락怏怏不樂했던 것이다.

그러다가 마침 철산鐵山의 장씨張姓 성을 가진 사람을 만났는데, 그가 스스로 점을 잘 친다고 자랑을 하니 여러 사람들이 빙 둘러 앉아서 운명에 대해 물었다. 역관 홍명복에게 말하기를,

"사주에 도화살桃花殺이 있소"라고 하니 한자리에 앉아 있던 사람들이 뱃살을 움켜쥐고 웃지 않는 사람이 없었다.

_ 이의봉, 『북원록』, 1760년 11월 16일

풍류인은 풍류인을 알아본다

나홍대용는 혼자 나와 말을 타고 담을 따라 서쪽으로 향했는데, 반산 소림少林의 승경勝景을 다 볼 생각에서였다.

이날은 날씨도 화창한지라 말고삐를 늦추고 혼자 흥얼거리고 있는데, 문득 바라보니 숲 밖으로 예닐곱 명이 앉고 서고 한 채 서로 손으로 무얼 가리키며 웃고들 있었다. 말을 세우고 바라보니 모두 조선 복식인 큰 갓에 소매 넓은 옷을 입고 있다. 나는 놀랍고도 이상해서 말을 급히 몰아 그리로 가 보았다. 통역 이익李瀷·홍명복洪命福 등 일곱 사람이었다.

홍명복이 나를 맞으며 말하였다.

"우리 일곱 사람만이 이리로 같이 오고 일행 중 아무도 온 사람이 없기에 서로 이 경치를 같이 보게 된 것을 자랑삼아 죽림칠현竹林七賢이라 이름 붙였더니 이제는 음중팔선飮中八仙이 되었습니다."

역관 하나는 또 말했다.

"모두들 '놀기 좋아하는 홍공자洪公子도 오늘만은 우리에게 한몫을 양보하고 말았다.' 하는 걸 나 혼자만이 '홍공자께서 틀림없이 올 것이라'고 했더니 과연 내 말이 맞았습니다."

했다. 서로 즐겨 웃으며 잠시 바위에서 쉬었다.

_ 홍대용, 「반산」, 『담헌연기』, 1766년 3월 3일

책임통역관이지만 나가 놀기를 건의하다

저녁이 지나서 달빛이 바야흐로 상쾌한데, 원역元譯: 책임통역관 홍명복이 송원松園 : 김이도에게 원명원圓明園에 나가서 유람하기를 청하니, 나와 홍 예경이 뒤를 따라갔다.

돌다리를 건너니 물소리가 우렁차서 들을 만하다. 몽고관蒙古館을 지나 열무루閱武樓에 이르렀다. 여기는 전 황제가 조련操鍊하던 곳인데, 지세가 평평하고 넓은 것이 둘레가 5~6리는 되겠다. 사면을 끼고 여러 가지 나무를 심고 앞에는 도랑물이 있어 집을 가로지르며, 서산西山을 향하여 반쯤 큰 강에 들어가 있다.

반 식간食間쯤 이리저리 걸었다. 걷는 동안 신선이 된 듯했다. 밤이 깊어서야 돌아왔다.

_ 김정중, 『연행록』, 1792년 1월 12일

6-4. 기생을 삼가는 이유

의주에 머물렀다. 정사 어르신김기성(金箕性)께서 비장과 함께 말을 나누다가 기녀의 용모에 미치자 엄격히 경계했다. 정사 어르신께서 나와 김종환과 조용히 말을 하시다 부방의 방기房妓가 많다는 이야기가 나오자, 말씀하셨다.

"사람들에게는 지켜야 하는 것이 있으니 비록 국색國色이라 한들, 어찌 마음을 움직일 수 있겠는가? 마음이 굳지 못하면 간혹 푹 빠져 버리는 병폐가 없지 않다. 또한 가는 길에 있는 기생들이란 대부분 부정하여 차라리 보지 않는 것이 낫다. 그 때문에 평산에서부터 여기까지 모두 물려 버린 것이다."

나와 다른 이들이 물러나 정사 어르신의 가르침을 따르고 서로 경계하며 엄하게 삼갔다.

그것 때문에 때때로 부방 비장 김 동지에게 놀림을 받기도 했다. 김 동지라는 자는 순장巡將 김복중金福重으로, 지금 나이가 70

임에도 가는 곳마다 기녀를 기롱하며 사람들에게 근력의 강건함을 과시했다. 나를 졸렬하다 놀리기에 그에게 말했다.

"차라리 졸렬한 것이 망령된 것보다 낫다."

온 좌중이 크게 웃었다.

_ 백경현, 「건」(乾), 『연행록』(燕行錄), 1790년 11월 2일

6-5. 향화암, 여승의 자취

향화암에는 여승이 있다

성안에 들어가 점방에서 아침을 먹고 나는 먼저 출발하였다. 백간점白澗店에 다다르니, 길 남쪽으로 절이 하나 있는데 이름을 '향화암'香火菴이라 하였다.

담 안에 측백나무가 숲을 이루고 숲 속에 벽돌로 쌓은 탑 셋이 있어, 모양은 부도浮屠 같은데 높이는 각각 한 길이 넘었다. 담을 돌아서 남쪽으로 가니 정문이 있고 정문 양쪽에 잡석으로 담을 쌓았는데 크기와 모양이 일정하지 않았으며 이음매는 석회를 발랐고 무늬는 거북 같았다. 이런 식은 사관寺觀이나 민가의 담에서 흔히 볼 수 있는 것이다. 정문이 닫혀 있어 서쪽 쪽문으로 들어가니 담 곁으로 긴 행랑채 10여 칸이 있고 여승이 살고 있었다. 옷은 호녀胡女들과 별다를 것이 없었으나 다만 머리를 깎고 승모僧帽를 쓰고 있었다. 긴 행랑을 지나 한 작은 각문角門으로 들어가니 전각들이 우뚝우뚝 솟아 있고 단청이 찬란하여 처음 들어가는 우리들의 눈을 현란하게 했다.

정문은 이중으로 되어 있고 정문 안에도 이중 전각이 있으며, 전각 뒤에 또 높은 누대가 있다.

전각은 각각 다섯 칸이며 가운데에 불상을 모시고 좌우에 협실挾室이 있으며 협실 안에는 아무것도 없이 의자와 탁자들만 놓여 있었다. 탁자 중 반죽斑竹으로 만든 것이 6~7개가 있는데, 그 만듦새가 정교하고 우아하여 사랑스러웠다. 전각 안엔 4~5개의 채색된 등을 달았는데, 비단으로 바르고 인물, 화조花鳥를 그렸으며 네 귀퉁이에 오색 구슬로 만든 영락纓絡: 구슬을 꿰어 만든 관의 수식품을 달아 극히 화려하였다. 앞뒤에 있는 전각과 누대는 모두 좌우에 행랑이 있고 그 안에는 여러 소상이 있었다. 앞에 선 전각의 뜰 좌우에 소나무가 한 그루씩 서 있고 난간을 둘러쳐서 보호하고 있었다. 껍질은 흡사 백양나무 같으면서 보다 윤택이 나고 잎은 마치 해송처럼 오엽인데, 크기는 거의 아름드리였는데도 가지는 엉성하고 줄기는 곧은 좋은 나무였다. 혹자는 이렇게 말한다.

"이 솔은 남경 소나무[南京松]로, 씨앗이 땅에 떨어지면 모양이 꼭 해송 같으나 작다."

옛날 청평위靑平尉가 이 씨앗을 갖고 돌아와 동산에 심었는데 지금은 많이 자라서 두어 위圍 : 양손의 엄지와 장지를 붙여 둥글게 만든 길이는 된다. 두 소나무 곁에 각기 비석이 있는데 모두 만력 임자년1612, 광해군 4과 갑인년1614, 광해군 6에 세운 중수비였다.

누대의 동쪽 모퉁이 벽에 붙은 벽돌 층계가 있는데 겨우 한 사람이 통행할 만했다.

그 위에 올라가 보니, 작은 금불상이 있고, 밑에 황색을 칠한 걸상과 탁자가 놓여 있었다. 청나라 황제가 거둥할 때 쓰는 것이라고 했다.

왼편 행랑에도 역시 누런 장막과 장막에 거는 향주머니들이 있고 탁자 위에 구리로 만든 향로와 숟가락집이 놓여 있는데 만듦새가 몹시 정교하였다.

혹자의 말은, 청나라 황제의 누이동생이 출가하여 이 절에 산 적이 있는데, 그때 황제가 늘 이곳에 들렀기 때문에 이러한 어물御物 : 황제가 쓰는 물건들이 있다는 것이다.

아버님김수항께서 계축년에 쓰신 일기에도 이렇게 적혀 있다.

"원중院中의 벽돌탑을 혹자는 숭정 황제崇禎皇帝의 누이동생이 살던 곳이라 한다."

지금의 말들은 여기에서 와전된 것이 아닌지 모르겠다.

이 절은 외부 사람이 선뜻 들어가는 것을 허락하지 않는 곳이라서, 우리들의 이번 길도 지역 관청의 실무직이 먼저 와서 말을 한 뒤에 들어올 수 있었던 것이다.

누각의 왼쪽 행랑에는 관성제군관우을 모셨고, 그 남쪽 끝에 매우 정결한 방 하나가 있었으며 온돌 위엔 흰 전氈 : 짐승의 털로 무늬 없이 짠 피륙이 깔리고 이부자리 등이 있었는데, 이것은 여승들이 거처하는 곳이었다. 세 사신이 모두 오니, 바깥사람이 온다는 소문을 들은 비구니들이 모두 숨어 버려 볼 수 없게 되자, 유봉산이 몹시 유감의 뜻을 나타내는 것이 우스웠다.

방 안을 보니 탁자 위에 향로, 화병, 화장 그릇이 놓여 있었고, 또 한 갑을 열어 보니 납지蠟脂 : 벌꿀 찌꺼기를 짜서 만든 기름, 향조香皁 : 향의 일종 등이 들어 있었다. 또 벽 밑으로 큰 광우리[筐] 하나가 놓여 있고 그 안에 대추와 용안 열매가 가득 들어 있었다. 대추가 매우 크고 특이하여 한 움큼 집어서 소매 속에 넣고 나왔다. 각문 밖에 있는 긴 행랑채에서도 비구니들이 앉아 차를 마시고 있었는데, 이 집에 있는 비구니들은 하류라 그런지 사람을 피하지 않았다.

절에서 서쪽으로 수십 보쯤 가니 새로 지은 절이 하나 있는데 전각들이 많지만 단청은 하지 않았다. 어떤 사람의 말이, 청나라 황제가 매년 한 번씩 거둥하여 자고 간다고 하였는데, 순치順治 : 청 세조의 묘가 준화현遵化縣에 있기 때문에 오가는 길에 자는 모양이다. 절 안에 곳집[倉屋] 10여 칸이 있었는데, 이것은 다른 절에서 보지 못한 것이다. 왜 지었는지 알 수 없었다.

_ 김창업, 『연행일기』, 1712년 12월 25일

1720년 어느 날의 향화암

십여 리쯤 가 백간점에 도착하였다. 길 가 우물 곁에 돌구유가 놓여 있는데, 우물로부터 대나무로 홈통을 연결하여 물을 대어서 말을 먹였다.

행인들이 각기 동전 한 닢을 던졌는데, 길에는 물이 담긴 통이 많이 놓여 있었다. 말에게 물을 먹인 자도 또한 대통 안에 1전을 넣었다.

점포 서쪽에 '백간점'白澗店이라는 세 글자가 새겨진 패문牌門이 있었다. 남쪽에는 '향화암'이라는 절이 있는데, 여승들이 거처하는 절로 주위를 둘러친 담장의 둘레가 거의 1리나 되었으며, 그 안에는 측백나무가 매우 많았고, 세 개의 탑이 지붕 위로 솟아 있었다. 예전에 이 절에 대해 단청이 매우 화려하다고 들었는데 여정이 바빠서 들어가 볼 겨를이 없었다.

_ 이기지, 『일암연기』, 1720년 9월 16일

향화암의 또 다른 이름, 향림암

백간점의 길 왼편에 향림암香林庵이 있었는데, 여승들이 살고 있었다. 나무줄기가 흰 소나무[白幹松] 수십 주가 울창하게 서로 그늘지고 있었으며, 집이 아담하고 화려했다.

역관들의 말에 의하면, 전에 절세미인인 여승 한 사람이 있었는데, 황제가 몹시도 사랑했던 까닭에 새로 이 절을 지어 그녀의 거처를 호화롭게 해준 것이며, 그때는 지나가는 사람들이 감히 들어오지도 못하였는데, 지금은 그녀가 없다고 하나, 그 이야기를 믿을 수가 없었다. 이때 몇몇 여승들이 살고 있었는데, 방이나 살림 도구들이 모두 깨끗하여 속세의 티가 없었다.

_ 홍대용, 「연로기략」, 『담헌연기』, 1765년

6-6. 무엇에 쓰는 돌인고: 흡독석

흡독석을 받은 곳은 천주당

정사인 해춘군海春君 이영李栐이 서양 사람이 보낸 떡과 과일 등을 보내왔다. 대체로 단맛 위주였다.

또 크고 작은 화본畫本도 모두 8장을 보내어 보여 주었다. 이것은 이른바 '음양화'陰陽畫로서 윤곽이 또렷하여 마치 아로새긴 것 같았다. 또 흡독석吸毒石과 최생석催生石: 난산을 치료하는 약인 최생산의 재료가 되는 돌인 듯을 보내왔다고 했다.

_ 황재, 『경오연행록』(庚午燕行錄), 1751년 2월 19일

흡독석의 효능

나는 별선別扇 두 자루로 유송령劉松齡: 아우구스트 폰 할러슈타인(August

von Hallerstein)이 「곤여지」를 준 것에 사례하였다.

유송령이 「황도총성도」黃道總星圖, 「수묵우렵」水墨羽獵 2본, 금릉화지金綾花紙 두 장, 작은 각도刻刀 한 자루를 주었다.

흡독석 두 개는 모양이 작은 연석燕石 비슷하였으며, 고과苦瓜 한 개는 밤처럼 작았는데 핥아 보니 매우 쓴맛이 났는데, 이를 아버지와 나에게 주었다. 아버지께서 받으며 사례하고, 금릉화지와 각도는 돌려주며 말씀하셨다.

"이 두 물건은 서화나 약석藥石과는 같은 물건이 아니니 감히 받을 수 없습니다."

유송령이 웃음을 머금고 역관 이인덕에게 말하였다.

"좋습니다. 좋습니다. 서화와 약석만 가져가시지요."

내가 물었다.

"흡독석의 용법을 들려주실 수 있는지요?"

유송령이 들어가 두루마리 세 장을 가지고 나왔는데, 제목에 '흡독석원유용법'吸毒石原由用法이라 되어 있고 다음과 같이 적혀 있었다.

> 소서양小西洋에 독사 한 종류가 있는데, 그 머릿속에는 돌 하나가 난다. 크기가 편두인扁豆仁:제비콩만 하며 각종 독기를 뽑아 제거할 수 있는데, 이것이 자연적으로 생성된 흡독석이

다. 토착민들은 이 돌을 가져다가 본래 독사의 살과 본토의 흙과 함께 빻아 가루로 만들고 균일하게 섞어서 돌 하나를 만든다. 그 모양이 마치 바둑돌과 같이 생겼는데 이것이 만들어진 흡독석이다.

달리는 짐승이나 모든 벌레가 각기 본성에 좋아하는 기미氣味가 있어 그 본체를 기르니, 이는 마치 초목이 각기 그 본체에서 필요로 하는 것을 빨아들여 본체를 기르는 것과 같다. 그러나 독충 같은 것들은 그 본성이 온갖 독기를 즐겨 먹어 이로써 몸을 기른다. 또 딱딱한 껍데기를 만들어 그 몸을 보호하며 다른 동물의 해를 면한다. 말에게 발굽이 있으며 소에게 뿔이 있고 호랑이와 늑대, 사자와 코끼리에게 각각 발톱과 어금니, 긴 코가 있으니 모두 이것으로 적을 막는 것이다.

만약 여러 독충이 독미毒味가 없어 그 몸을 기르지 못하면, 이는 소나 말이 여물이 없어 그 몸을 기르지 못함과 같다. 그러면 반드시 생명을 보존할 수 없게 되는 것이다.

그러므로 독미는 독충이 본성적으로 좋아하며 필요로 하는 것으로, 그 용법을 가지고 징험할 수가 있다. 흙 속에 여러 독물毒物 재료를 섞어 두고 또 독사의 살에서 먼저 그 독기를 제거한 후에 이 독기가 없는 독사의 살을 독 재료가 있는 흙 속에 넣어 둔다. 그러면 독사의 살이 반드시 본래 흙의 여러 독기를 빨아들여 자신의 살 속에 모조리 모아 두게 되니, 이는 그 본성이 독을 좋아하고 필요로 하는 것을 분명히 증명하는 것이다.

흡독석이 독을 빨아들이는 능력을 지니게 된 것은 이 돌이 생성된 본바탕이 독사의 성정과 서로 같기 때문이다. 대저 독충 같은 유類는 갖가지 형질을 따질 것 없이 모두 본성의 악기惡氣를 지니고 있다. 곤충마다 제각기 그 악기를 제거할 수 있음은 마치 금수에게 굶주린 이[蝨]가 있는 것과 같다. 초목과 화훼에도 곤충이 따르고, 토목 사이에도 각기 뱀·전갈·지네·두꺼비 같은 악기가 다니니, 거미·풍뎅이·모기 등에도 모두 각기 그 사물의 독기를 제거함이 있는 것이다. 또 여러 곤충이 본체를 양육함은 모두 자신의 보존에 이로움이 되기 때문이다. 인류는 더욱 영달하니 조물주가 인류를 사랑해서 여러 품물을 절제하고 조화하였기에, 그 본성을 따름으로써 이 세상의 아름다움을 완전하게 할 수 있는 것이다.

이 돌은 뱀이나 전갈, 지네 등 독충에 물려 상한 곳을 치료할 수 있고 또 큰 종기[癰疽]와 모든 헐어서 생긴 독[腫毒], 악성 부스럼[惡瘡]을 치료하는 데 그 효과가 몹시 빠르다.

만일 이러한 병에 걸리게 되면 바로 이 흡독석을 가져다 물린 상처 부위나 종기, 악성 부스럼이 난 위에 놓아야 한다.

그러면 이 돌이 그 독을 빨아낸다. 만일 끈끈해서 잘 떨어지지 않을 때는 독기를 모두 빨아낼 때까지 기다리면 저절로 떨어지게 된다. 이때 빨리 이 흡독석을 가져다가 유즙乳汁 속에 담가 약간 푸른빛으로 변하도록 내버려 둔 후에 이 돌을 꺼내서 맑은 물로 깨끗이 닦아서 잘 말려 보관해 두어야 한다. 그래야 나중에 쓸 수 있다. 그 돌을 담갔던 유즙에는 이미 독기가 있으므로, 반드시 땅을 파고 묻어서 사람이 피해를 입는 일을 피해야 한다.

만일 물린 곳의 독기나 부스럼 독기가 혹 가시지 않으면 계속해서 흡독석을 올려 두고 독기를 빨아내야 하는데 그 방법은 전과 같다. 만일 흡독석이 떨어지고 잘 붙지 않으면 이는 그 독기가 이미 다 가신 것이니, 병이 서서히 나을 것이다. 유즙은 반드시 반 종지쯤 필요에 따라 미리 준비해야 하며 사람의 젖이나 소의 젖 모두 좋다. 혹시 이때에 담글 만한 유즙이 없거나 혹 담그는 것이 조금만 지체되어도 이 돌은 손상되어 후에 사용할 수 없다.

이 또한 남회인南懷仁: 페르디난트 페르비스트(Ferdinand Verbiest)이 기록한 것이다.

_ 이의봉, 『북원록』, 1761년 2월 6일

6-7. 흑진국 이야기: 문명에 노출되지 않은 별세계의 최초 소개

역관 이추李樞가 말하기를, 몇 년 전 우리나라 사람이 산해관 밖에서 어떤 여자와 함께 길을 가는 흑진국黑眞國 사람을 만났는데, 이곳 사람들에게 그 내력을 물으니 다음과 같이 답했다고 한다.

> 영고탑寧古塔:만주 길림성(吉林省) 영안현(寧安縣)의 옛 지명에서 동북쪽으로 천여 리 되는 곳에 바다가 있는데, 5년에 한 번씩 바다가 업니다. 그 가운데에 나라가 있는데, '흑진'黑眞이라고 하며, 천지가 열린 이래로 육지와 통한 적이 없었던 땅입니다. 십여 년 전 그 나라 사람 하나가 홀연 얼어붙은 바다를 건너 서쪽 언덕에 이르렀는데, 청나라 사람이 그를 보고 붙잡았습니다. 처음에는 무엇인지 분별하지 못하다가 자세히 살펴보니 사람이었습니다. 온몸이 짐승처럼 가죽으로 덮여 있고, 머리만 드러났으며, 머리털은 양처럼 곱슬곱슬했습니다.

변방 사람들이 생포해서 북경으로 보내자, 황제가 그를 불러들였습니다. 말이 통하지 않고, 밥을 먹을 줄도 몰랐습니다. 살아 있는 물고기의 살만을 발라내어 먹는데, 추하게 우물거리며 씹는 모습이 사람 같기도 하고 짐승 같기도 했습니다.

앞에 갖은 물건을 벌여 놓고 그가 무엇을 원하는지 살펴보도록 했는데, 잡는 것이 하나도 없었습니다. 다만 여인을 보자 즉시 끌어안고는 교합하려고 하였습니다. 그래서 황제가 총명한 여자 한 사람을 택해 그 사람과 짝을 이루도록 했습니다. 그리고 영리한 시위侍衛 다섯 명을 시켜 그 사람과 여인을 거느리고 본국으로 돌려보내도록 하고는 여인에게는 오곡의 종자와 호미 같은 기구를 주어 농사를 가르치도록 했습니다.

5년 뒤, 그 여인이 남편과 함께 또다시 얼어붙은 바다를 건너 와 황제에게 사은謝恩하였는데, 주먹만 한 진주 몇 알과 한 길 남짓 되는 표범 가죽[豹皮]을 가지고 와 공물로 바쳤습니다. 그 여인은 돌아와 다음과 같이 전했습니다.

"이 나라는 큰 바다 가운데에 있는데, 군주와 신하의 상하 구분이 없습니다. 사람은 몇 종류가 있는데, 키가 세 길이나 되는 사람도 있고, 한 길 남짓 되는 사람도 있습니다. 짐승을 사냥하고 물고기와 새우를 잡아 날것으로 먹습니다. 바닷속에는 커다란 진주가 가득하여 기이한 광채가 신기하게 어려 있고, 괴상한 모습의 짐승이 많습니다. 제가 직접 땅을 일구고 곡식을 심어, 오곡이 모두 여물었으나, 밥을 지어 먹을 줄은 모릅니다."

역관 박동염朴東琰이 말했다.

"몇 해 전에 흑진국 사람을 보았는데, 온몸이 옻칠을 한 듯 검었고, 눈과 이만 하얬습니다. 북경 사람이 노예로 사온 것인데, 매우 튼튼하고 일을 잘했습니다. 아내를 얻어 주자 아들을 낳았는데, 아들의 피부가 검지 않자 그가 분노하여 아내가 다른 남자와 정을 통해 아들을 낳은 것이라고 여기고는 아들을 죽이려고 했습니다. 그래서 칼로 그 아이의 손가락을 잘랐는데, 뼈마디가 모두 검은색이어서 드디어 자기 자식이라고 여겼다고 합니다."

_ 이기지, 『일암연기』, 1720년 11월 4일

6-8. 30대 조선 선비에게 듣는, 원기 나는 비결

옥전현 정유鄭愉 노인이 또 글을 써서 말하였다.

"벼슬살이를 한 지 20여 년이 지났는데, 이제서야 강호에서 한가로이 지내게 되었습니다. 스스로 돌아보건대 비루한 이 몸이 다행스럽게 명현名賢을 만나 필담을 나누며 마음을 달래고 있으니 흡족합니다. 저는 공명을 추구하는 사람이 되고자 하지 않고 자연의 타고난 원기를 기르고자 하는 사람에 불과합니다. 감히 묻습니다. 자연의 타고난 원기를 기르는 방도를 선생은 알고 계신지요? 부디 가르침을 구합니다."

나는 대답했다.

"저는 나이가 어리고 들은 것이 적은데 어찌 자연의 원기를 기르는 것에 대해 알겠습니까?"

"선생의 용모와 언사를 살펴보건대 필시 박학다식한 군자입니다. 가르침을 내려 주시기를 바랍니다."

나는 답했다.

"『예기』禮記에 이르길, '어른이 묻건대 사양하지 않고 대답하는 것은 예가 아니다'『예기』, 「곡례」(曲禮) 상라고 하였으니 어찌 끝내 대답하지 않겠습니까? 동파東坡 소식蘇軾의 시에 '병을 얻고서야 한가해졌으니 그다지 나쁘지 않고, 마음을 편안히 하는 것이 보약이거늘 다시 다른 처방 없어라'「병중유조탑원」(病中遊祖塔院)라고 하였으니 '안심'安心 두 글자가 바로 자연의 원기를 기르는 근본입니다. 만약 마음을 편안하게 할 수 없다면, 비록 토납吐納: 도가의 호흡법과 경신經伸: 도가의 운동법에 힘쓴다 한들 또한 이로움이 없을 것입니다. 감히 '안심' 두 글자를 받들어 올립니다."

"가르침을 따르겠습니다. 매우 감사합니다."

하고 또 청하기에, 내가 다시 말하였다.

"일찍이 서양인들의 수명이 모두 백 세가 넘는다고 들었는데, 특별한 방법이 있는 것이 아닙니다. 다만 잠잘 때에 손으로 고환[外腎]을 쥐며, 또 두꺼운 바지로 고환을 따뜻하게 한 까닭이라 합니다. 지금 이 지역의 풍속을 보니 비록 한겨울에도 홑바지를 입으니 이는 장수하는 방도가 아닙니다. 노인께서 아랫도리에 원기가 쇠하거든 두꺼운 솜으로 바지를 해서 입으면 반드시 유익함이 있을 것입니다."

노인은 답했다.

"가르침을 따르겠습니다."

내가 청심환·소합환蘇合丸을 각각 두 알씩 주니, 사용처를 묻기에 글로 알려 주었다.

_ 이기지, 『일암연기』, 1720년 9월 14일

6-9. 제3의 비밀언어, 한글

아침에 중국 측 역관 김사걸이 와서, 이렇게 말했다.

"조문하는 칙사가 내일 창춘원에 가서 황제에게 하직 인사를 올리고, 통주通州로 가서 묵을 것입니다."

"사신의 장계를 칙사 일행 편에 부치십시오."

그러고는 자신이 조선의 사정을 힘써 주선하였으니, 특별히 대접해 달라고 요청했다.

아버님께서는 장계를 작성하셨는데, 여기에서는 사신의 임무가 아직 비준되지 않은 상황만 간략히 언급했다. 그리고 따로 언문諺文: 한글으로 별단別單: 보고하는 문서을 작성하셨는데, 비록 알아볼 수 있는 곳이라도 그 곁에 한자를 써서 승정원으로 하여금 번역해서 올려 열람하도록 했으니, 칙사 일행이 혹시라도 열어 볼까 염려하신 것이다.

_ 이기지, 『일암연기』, 1720년 10월 27일

『낭송 18세기 연행록』에 실린 연행록 목록

※아래는 이 책에서 가려 뽑은 글들이 실린 연행록에 대한 설명으로 풀어엮은이가 작성한 것입니다. 연행록 작성 연도가 빠른 순서대로 실었습니다. 설명 끝 화살표(⇨) 뒤의 숫자는 해당 연행록이 등장하는 이 책의 쪽수입니다.

1. 김창업(金昌業, 1658~1721), 『노가재연행일기』(老稼齋燕行日記), 1712

조선 숙종 때 김창업이 청나라를 다녀온 뒤에 쓴 사행(使行) 일기. '노가재연행록'(老稼齋燕行錄)이라고도 한다. 9권 6책, 필사본. 맏형 동지겸사은정사(冬至兼謝恩正使) 김창집(金昌集)의 자제군관으로 부사(副使) 윤지인(尹趾仁), 서장관(書狀官) 노세하(盧世夏)와 함께 청나라에 다녀오면서 1712년(숙종 38) 11월 3일부터 이듬해 3월 30일까지 5개월 동안의 일기를 기록한 것이다. 이 연행일기는 후대에 이어진 개인의 한문 산문 연행기록이 본으로 삼은 하나의 모델이 되었으며, 후대 김경선(金景善)의 연행록 『연원직지』(燕轅直指)에서 홍대용, 박지원(朴趾源)의 연행 기록과 함께 '3대 연행록'으로 불렸다. ⇨ 38~41, 46~47, 49~51, 54, 56~57, 66~67, 81~84, 108, 110, 117~119, 125~126, 146, 196~202, 212~216

2. 이기지(李器之,1690~1722), 『일암연기』(一菴燕記), 1721

이기지가 1720년 7월 27일 한양을 출발하여 1721년 1월 7일에 귀환하기까지, 청 연경을 다녀온 일을 기록한 일기다. 5권 5책, 필사본. 고부청시승습(告訃請諡承襲) 정사인 아버지 이이명(李頤命)의 자제군관으로서 부사 이조(李

肇), 서장관 박정로(朴聖輅)와 함께 다녀왔다. 사행 목적은 숙종의 사망과 경종의 왕위 계승을 청나라에 알리고 승인받는 일이었다. 그러나 사행이 끝난 1721년 10월부터 연잉군(후일 영조) 세제 책봉 문제로 인하여 신임사화가 일어나 그 결과 1722년 3월 아버지 이이명이 경종 제거의 역모죄 주역으로 몰리면서 이기지 역시 죽음에 이른다. 2년 후 영조 즉위와 함께 노론이 신원되고, 이후 1759년 아들 이봉상(李鳳祥)에 의해 이 기록이 정리되어 지금까지 남게 되었다. ⇨ 23~25, 30~31, 57~59, 61~62, 70~73, 79~80, 85~86, 96~106, 110~113, 115~116, 126, 151~166, 188~189, 203~206, 216, 223~229

3. 강호보(姜浩溥, 1690～1778), 『상봉록』(桑蓬錄), 1727

사양재(四養齋) 강호보가 1727년 10월 24일부터 1728년 4월 8일까지 동지겸사은사(冬至兼謝恩使) 연행에 참여하여 기록한 12권 6책의 연행록이다. 이 연행의 정사는 낙창군(洛昌君) 이당(李樘)이고, 부사는 호조참판 이세근(李世瑾), 서장관은 강필경(姜必慶)이었으며, 강호보는 이세근의 종행인(從行人) 자격으로 참여한 것이다. 이 책은 저자가 직접 번역한 한글본 『상봉녹』이 있다. 현전하는 한문본 『상봉록』은 원래의 한문본이 일실된 이후 한글본을 토대로 후손 강재응(姜在應)이 한역(漢譯)한 것이다. 구성이나 내용은 노가재 김창업의 연행일기의 영향을 많이 받은 것으로 보이며, 견문을 충실하게 적고 있다. ⇨ 26~27, 34~35, 41~43

4. 황재(黃梓, 1689~?), 『경오연행록』(庚午燕行錄), 1751

『경오연행록』은 1751년 11월 7일부터 이듬해 평양에 도착한 5월 13일까지 부사 황재가 개인적으로 남긴 일기 형태의 연행록이다. 이 사행의 정사는 해춘군(海春君) 이영(李栐)이고, 서장관은 임집이다. 당시 62세인 부사 황재의 견문은 군관 권순성과 홍계준(洪啓遵)이 견문한 것과 역관들을 비롯한 일행에게 들었던 것들이 많다. 청나라와 관련한 티베트[西藏]의 정세, 건륭제(乾隆帝)의 남순(南巡)에 관한 것 등에 대한 내용도 들어 있다. ⇨ 218

5. 이의봉(李義鳳, 1733~1801), 『북원록』(北轅錄), 1760

이의봉의 한문연행록인 『북원록』은 1760~1761년 그가 자제군관의 신분으로 동지사 서장관인 부친 이휘중(李徽中)을 따라 떠난 사행길의 출발에서부터 도착까지의 전 일정을 일자별로 자세히 기록한 일기이다. 필사본 5권 5책이고 한글본 『셔원녹』도 함께 전해지고 있다. 사행 출발은 1760년 11월 2일이었으며 1761년 4월 6일에 다시 서울로 돌아왔다. 상사 홍계희(洪啓禧), 부사 조영진(趙榮進) 모두 자신의 아들들을 자제군관으로 데려간 것으로 특기되었고, 노정에서 겪은 견문을 낱낱이 기록하며 전대의 연행록들과 비교를 통해 사실을 고증했다. ⇨ 35~37, 44~45, 47~48, 51~55, 74~77, 86~87, 91~92, 96, 109, 147~149, 167~178, 183~184, 207~208, 218~222

6. 홍대용(洪大容, 1731~1783), 『담헌연기』(湛軒燕記), 1766

1766년(영조 42) 홍대용이 연행에서 견문한 것을 기록한 책. 6권 6책, 필사본. 1765년 11월부터 이듬해 봄까지 작은아버지 홍억(洪檍)이 삼절연공겸사은사(三節年貢兼謝恩使) 서장관으로 연행할 때 그를 수행하면서 견문한 바를 일기체가 아닌 주제별로 나눠 기록하였다. 이 책 역시 후대 김경선의 연행록 『연원직지』에서 김창업·박지원의 연행기록과 함께 '3대 연행록'으로 불렸다. ⇨ 64~66, 78~79, 88~94, 111, 120~123, 127~143, 179~182, 190, 208~209, 217

7. 이압(李岬, 1737~1795), 『연행기사』(燕行紀事), 1777

1777년(정조 1) 문신 이압이 연행에서 견문한 바를 기록한 책. 5권 1책, 필사본. 1777년에 진하사은진주겸동지사(進賀謝恩陳奏兼冬至使)의 부사로 정사 이광(李珖), 서장관 이재학(李在學)과 함께 1777년 10월 27일부터 1778년 3월까지 청나라에 다녀온 사행을 기록한 책이다. 크게 「일기」, 「문견잡기」, 「시」로 이루어져 있다. 『연행기사』는 상·하 2권으로 되어 있는데 사행 일행의 동정, 지나는 곳의 정상, 역사적 내력, 사행 완수를 위한 각종 협의, 청나라 관원들과의 교섭 등이 자세히 기록되어 있다. ⇨ 114~115, 123~124, 146~147,

185~187, 190~193

8. 서호수(徐浩修, 1736~1799), 『연행기』(燕行記), 1790

1790년(정조 14) 건륭황제(乾隆皇帝)의 만수절(萬壽節)에, 진하겸사은부사(進賀兼謝恩副使)로 청나라에 다녀온 서호수의 사행 기록이다. 정사는 창성위(昌城尉) 황인점(黃仁點), 서장관으로는 홍문관 교리(弘文館校理) 이백형(李百亨)이 함께 갔고, 1790년 5월 27일 왕에게 하직 인사한 날로부터 시작하여 같은 해 10월 22일 복명(復命)한 날까지 날짜에 따라 기록하였다. 4권 4책, 필사본. 1권 : 진강성에서 열하까지(起鎭江城至熱河), 2권 : 열하에서 원명원까지(起熱河至圓明園), 3권 : 원명원에서 연경까지(起圓明園至燕京), 4권 : 연경에서 진강성까지(起燕京至鎭江城)라고 하는 제목이 권마다 붙어 있는 것이 특기할 만하다. ⇨ 60~61, 67~70, 94~95, 149~150

9. 백경현(白景炫, 1732~1799), 『연행록』(燕行錄), 1790

백경현의 자는 시회(時晦), 호는 오재(悟齋)로 액정서(掖庭署) 사알(司謁) 및 사약(司鑰), 승정원 서리 등을 역임한 중인층 문인이다. 그는 1790년 동지겸사은사의 정사였던 김기성(金箕性)의 비장으로 동행했는데, 이때 기록한 개인적 일기 형태의 기록이 『연행록』이다. 1790년 10월 11일부터 1791년 3월 8일까지 기록했다. ⇨ 211

10. 김정중(金正中, 1742~?), 『연행록』, 1791

1791년(정조 15년)에 정사 김이소(金履素), 부사 이조원(李祖源), 서장관 심능익(沈能翼)이 연공(年貢)·진하(陳賀)의 목적으로 연경에 사행으로 갔을 때, 벼슬 없이 선비로 따라간 평양 선비 김정중이 기록한 필사본이다. 「도리」(道里), 「장관」(壯觀), 「기관」(奇觀), 「고적」(古蹟) 등의 항목들을 먼저 서술하고, 그다음 일기 형태의 글 「기유록」(奇遊錄)을 서술하였고, 일기는 1791년 11월 3일부터 1792년 3월 16일까지를 실었다. ⇨ 187, 209

『낭송 18세기 연행록』 속 주요 인물 정보

※아래는 이 책 속에 등장하는 주요 인물들에 대한 간략한 정보들로, 역시 독자들의 이해를 돕고자 풀어엮은이가 작성한 것입니다. 가나다 순서대로 실었으며, 이름과 생몰년 뒤 화살표(⇨) 다음에 나오는 숫자는 해당 인물이 등장하는 이 책의 쪽수입니다.

김상헌(金尙憲): 1570(선조 3)~1652(효종 3) ⇨ 49, 67, 70

조선 중기의 문신. 본관은 안동(安東). 자는 숙도(叔度), 호는 청음(淸陰)·석실산인(石室山人)·서간노인(西磵老人). 서울 출생. 김번(金璠)의 증손으로, 할아버지는 군수 김생해(金生海)이고, 아버지는 돈녕부도정(敦寧府都正) 김극효(金克孝)이며, 어머니는 좌의정 정유길(鄭惟吉)의 딸이다. 우의정 김상용(金尙容)의 동생이다. 3세 때 큰아버지인 현감 김대효(金大孝)에게 출계(出系)하였다. 1623년 인조반정 이후 이조참의에 발탁되자 공신 세력의 보합위주정치(保合爲主政治)에 반대, 시비(是非)와 선악의 엄격한 구별을 주장해 서인 청서파(淸西派)의 영수가 되었다. 이어 대사간·이조참의·도승지·부제학을 거쳐, 1626년(인조 4) 성절겸사은진주사(聖節兼謝恩陳奏使)로 명나라에 다녀왔으며, 이후 육조의 판서 및 예문관·성균관의 제학 등을 지냈다. 1632년 왕의 생부를 원종(元宗)으로 추존하려는 데 반대해 벼슬에서 물러났다. 1635년 대사헌으로 재기용되자 군비의 확보와 북방 군사 시설의 확충을 주장하였다. 이듬해 병자호란이 일어나자 예조판서로 주화론(主和論)을 배척하고 끝까지 주전론(主戰論)을 펴다가 인조가 항복하자 안동으로 은퇴하였다. 1639년 청나라가 명나라를 공격하기 위해 요구한 출병에 반대하는 소를 올렸다가 청나라에 압송되어 6년 후 풀려 귀국하였다. 1645년 특별히 좌의정에 제수되고, 기로사에 들어갔다. 효종이 즉위해 북벌을 추진할 때 그 이념적 상징으로 '대로'(大老)라고 존경을 받았으며, 김육(金堉)이 추진하던 대동법에는 반대하고 김집(金集) 등 서인계 산림(山林)의 등용을 권고하였다.

대진현(戴進賢): 1680~1746 ⇨ 105, 156~157, 159, 166

독일 태생의 예수회 신부 쾨글러(Ignatius Kogler)로 북경에서 흠천감 감정(監正)의 벼슬을 역임했다. 그는 천문 역법에 조예가 깊어 청나라 옹정제(雍正帝)의 칙명을 받아 1724년 『역상고성후편』(曆象考成後編)을 편찬했으며, 시헌력(時憲曆)의 도입과 관련하여 우리나라 천문학에도 많은 영향을 끼친 인물이다.

맥대성(麥大成): 1676~1723 ⇨ 153

본명은 장 프랑수아 카르도소(Jean-Francois Cardoso), 자는 이장(爾章). 포르투갈 사람으로 1710년에 중국에 왔다. 그림 실력이 뛰어났다고 한다.

박필성(朴弼成): 1652(효종 3)~1747(영조 23) ⇨ 97, 151

본관은 반남(潘南), 자는 사홍(士弘), 호는 설송재(雪松齋). 효종의 사위이며, 도정(都正)을 지낸 박태장(朴泰長)의 아들이다. 1662년 효종의 딸 숙녕옹주(淑寧翁主)와 결혼하여 금평위(錦平尉)에 봉해졌다. 숙종 때에는 네 차례나 정사(正使)로 청나라에 다녀왔다(1685년 사은사[謝恩使], 1694년 진주겸주청사[陳奏兼奏請使], 1712년 사은사, 1717년 사은사). 영조 때에는 그의 장수를 치하하여 1738년(영조 14)에 시(詩)를 내리고, 1741년에는 오언시와 궤장(几杖)을 내렸으며, 1746년에는 그를 우대하여 영릉도위(寧陵都尉)에 봉했다. 1747년 7월 97세의 나이로 죽자 8월에 효행을 치하하는 뜻에서 정문(旌門)이 세워졌다. 시호는 효정(孝靖).

비은(費隱): 1673~1743 ⇨ 105~106, 159~161, 163

본명은 에른베르트 프리델리(Ehrenbert Xavier Fridelli). 1705년 중국에 입국해 북경에서 활동하던 예수회 선교사였다.

성여완(成汝完): 1309(충선왕 1)~1397(태조 6) ⇨ 36

고려 말 조선 초의 문신으로, 호는 이헌(怡軒)이다. 고려 말에 군부정랑(軍簿正郎), 상서우승(尙書右丞), 전법판사(典法判事) 등을 지냈다. 정몽주가 살해되자 포천에서 은거했고 조선 개국 후에 노인직(老人職)에 책봉되었으나 사퇴하였다.

소림(蘇霖): 1656~1736 ⇨ 105, 116, 152~157, 159, 166

본명은 조셉 수아레즈(Joseph Suarez)로 포르투갈 출신 예수회 선교사이다. 1684년 중국에 입국하였고 1690년부터 북경에서 활동했다.

소무(蘇武): B.C. 140?~B.C. 60 ⇨ 75, 201~202

중국 한나라의 충신. 자는 자경(子卿). 두릉(지금의 산시성 시안시 동남쪽) 사람이다. 아버지 소건(蘇建)은 대장군 위청 휘하에서 공신이 되었고, 소무는 어려서 낭(郎)이 되었다. 무제(武帝) 때인 B.C. 100년에 중랑장으로서 흉노에 사신으로 갔다가 체포되어 항복을 강요받았다. 그러나 절의를 굽히지 않고 이를 거부하자 북해(바이칼 호) 주변의 황야로 보내져 19년에 걸친 억류 생활을 했다. 소제가 즉위한 후 흉노와의 화해가 성립되어 B.C. 81년 장안으로 돌아왔다. 소제는 그의 충절을 높이 사 전속국에 봉했고, 소제(昭帝)의 뒤를 이은 선제(宣帝)도 그의 노고를 중시하여 관내후에 봉했다.

오덕겸(吳德謙): 1711~? ⇨ 77

자는 익재(益哉). 역과에 응시하여 1732년 식년시에 급제하였다. 이의봉의 『북원록』(1760)에 의하면 서장관 이희중의 군관으로 사행에 참여했다.

오징(吳澄): 1249~1333 ⇨ 20

원(元)나라 숭인(崇仁) 사람으로, 자가 유청(幼淸)이며, 시호는 문정(文正)이다. 그가 사는 초당(草堂)에 초려(草廬)라는 편액을 걸었으므로 세상에서는 흔히 초려 선생이라고 부른다. 한림학사(翰林學士)를 지냈으며, 『영종실록』(英宗實錄)의 편수를 총괄하기도 하였다. 『역경』, 『서경』, 『춘추』, 『예기』 등에 찬(纂)을 하였으며, 『학기』(學基), 『학통』(學統) 등을 저술하였다.

장안다(張安多): 1677~1735 ⇨ 153

본명은 앙뜨완 드 마갈렌스(Antoin de Magalhaens)이며 벨기에 사람으로, 1684년에 중국에 왔다. 1692년부터 1703년까지 북경회(北京會)의 원장과 부성회(副省會)의 회장을 맡았다.

주지번(朱之蕃): 1546~1624 ⇨ 44

명말 조선에 사신으로 왔던 관료. 1595년에 장원급제하여, 한림원(翰林院) 수찬(修撰) 등을 거쳐 이부(吏部) 우시랑(右侍郎)에 임명되고, 사후에는 예부(禮部) 상서(尙書)로 추증되었다. 특히, 그는 조선 사행의 업무를 잘 마치는 등 외교관으로 업적을 남겼다. 주지번은 서화(書畵)에 뛰어났다는 평가를 받았다. 실제로 조선의 성균관(成均館) 명륜당(明倫堂) 등 여러 곳에 글씨를 남겼고, 그의 그림은 조선에 많은 영향을 주었다.

최수명(崔壽溟): ?~1738 ⇨ 23~24, 113

본관은 무주(茂朱). 자는 태로(台老). 영조가 세제로 책봉될 때와 효장세자(孝章世子) 및 장헌세자(莊獻世子)가 책봉될 때 이들을 극력 주청하여 성공시켰다. 50세 이전에 품계가 숭정대부(崇政大夫)에 올랐으며, 국가로부터 네 번이나 논빝을 하사빋았다. 1738년(영조 14)에 중국 사신이 관녜를 무시하고 칙서의 내용을 혼자서만 알고 비밀로 하자 조정에서 이를 걱정하였는데, 그가 기지를 발휘하여 그 내용을 밝혀 칭송을 들었고, 영조에 의하여 지중추

부사(知中樞府事)에 제수되었다. 이 해 연행사(燕行使)로 청나라에 갔다가 그곳에서 죽었다.

허형(許衡): 1209~1281 ⇨ 20

중국 원대(元代)의 대표적 학자. 자는 중평(仲平), 호는 노재(魯齋). 하남성(河南省) 농민 출신으로, 정이·주희에게 깊은 영향을 받아 요추 등과 여러 학문을 연구했다. 쿠빌라이 칸(원 세조)이 즉위하기 전에는 경조제학을 지냈으며, 즉위한 뒤에는 국자좨주(國子祭酒)에 임명되었다. 중국의 전통적 방법에 의한 통치를 권고하여 이를 채택시켰으며, 관제·조의 등도 제정했다. 1271년에 집현대학사 겸 국자좨주의 자격으로 몽골족 자제의 교육을 맡았으며, 1276년에는 수시력 작성에 참가했다. 화북의 주자학이 성행하게 된 것은 그의 공적이다. 특별히 창조적인 견해를 가진 것은 아니었지만, 유학이 침체해 있던 원대에는 두드러진 존재였다. 저서로는 『허문정공유서』(許文正公遺書)(12권) 등이 있다

화신(和珅): ?~1799 ⇨ 149

청나라 건륭제(乾隆帝)의 총애를 받아 주요 관직을 독점하고 백성들을 억압한 것으로 악명이 높다. 25세에 시위가 되어 준수한 용모와 상냥한 태도, 재치 있는 유머로 황제의 관심을 끌었다. 1년 내에 최고의 지위인 군기대신이 되었고 호부상서(戶部尚書)와 의정대신(議政大臣)을 겸했다. 그의 아들은 황제가 총애하는 막내딸인 화효공주(和孝公主)와 결혼했다. 1796년 화중과 화남 지방에서 백련교도(白蓮教徒)의 난이 일어났을 때 반란 진압의 책임을 맡았다. 그는 그의 일당들과 함께 군대의 파견을 지연시키면서 막대한 군비를 착복했다. 그 때문에 부대는 백성들을 약탈했고 조정의 권위가 크게 실추되었다. 1799년 건륭제의 죽음과 함께 그는 권좌에서 밀려나고 유능한 인물들이 등용되었으며, 5년이 지난 1804년에 가서 반란은 평정되었다. 건륭제를 계승한 가경제(嘉慶帝)는 화신을 투옥하고 자살하게 했다. 기록에 의하면, 그

에게서 몰수된 재산이 은 5,000만 냥에 75개의 전당포, 7만 개의 모피 등을 포함해 10억 냥이 넘었다고 하는데 이것은 화신의 정적들이 다소 과장한 면도 없지 않다.

황흠(黃欽): 1639(인조 17)~1730(영조 6) ⇨ 22

본관은 창원(昌原)으로, 황신구(黃藎耉)의 아들이며 김상헌보다 12년 연상이다. 1705년 겨울, 호조 참판으로 있던 황흠은 사은사겸동지부사(謝恩使兼冬至副使)가 되어 정사(正使) 정재륜(鄭載崙), 서장관(書狀官) 남적명(南迪明)과 함께 연경에 갔다가 이듬해 봄에 돌아왔다.